愛情讓我們愛上自己、
懷疑自己、
恨自己、
憐憫自己，
也了解自己。
它讓我們深入去探究自身最遙遠
也最親近的內陸。

張小嫻

CHANNEL [A] IV

我們都是醜小鴨

張小嫻

【序】

心中的醜小鴨

最近讀到台灣書評人寫的一篇書評，對方說，喜歡我的作品中那個沉溺的我。我果眞是個沉溺的人嗎？有時候，我認爲自己是太清醒了。人太清醒，把身邊的人看得太清楚，就會有痛苦。我愛一個人的時候，從來不是盲目的，不像一些人，以爲他們所愛的人是天底下獨一無二的寶貝。我愛的人，雖然也是我的寶貝，但是我清楚知道他有多好，他又有哪些缺點。我如此愛他，並不是因爲看不到他的缺點，而是我明白這個世界只有有限的完美。

我想證明自己並不沉溺，然而，有一天，連我身邊的好朋友都說：

『你是沉溺的，沉溺愛情。』

我對情人清醒，對愛情沉溺，那我是一直跟自己戀愛嗎？

這一集的《Channel A》，或許能證明我也有不沉溺的時候。小說裡的男孩子和女孩子們從小就相識，長大之後，各自的人生也不一樣。故事由他們重聚的派對開始，又在一個重聚的派對結束，這一年中間，許多事情卻已經不一樣了。

成長的故事，從來都是歡愉與痛苦的交雜。無論我們長得多麼大了，有時候，我們還是想變小，變小了，就可以回去那個簡單的年代，逃避作爲成人所要面對的無奈和苦澀。小的時候，我們卻是巴不得快點長大的，長大了，就可以享受作爲一個成人的自由。

到底要長多麼大，才可以同時擁有成人和孩子的好處？這也許不過是我的痴心夢想。我終究不得不承認，我是沉溺的，不是對愛情沉溺，而是對沒有的東西沉溺：比如完美的愛情和永恆的諾言。

不管已經多麼大了，我心中都有一隻醜小鴨，牠是我還未蛻變的一部分，有時會耽溺在自己的傷感裡，有時會自憐，有時又會太天眞。然而，因爲有牠，我才了悟自己的確已經長大了，這隻醜小鴨，要好好地藏起來。

張小嫻

二〇〇三年三月十日

於香港家中

CAST

柯純

秦子魯的初戀情人，小時候比較男孩子氣，
長大後變得女性化，徘徊在秦子魯和榮寶之間。

秦子魯

長得俊美的年輕歌手，
曾經弄不清楚自己到底喜歡男孩子還是女孩子。

榮寶

一度成為邊緣少年，後來改邪歸正。愛上柯純。

徐可穗

非常聰明但內心孤單的富家女，暗戀榮寶。

孟頌恩

與徐可穗曾經是最要好的朋友，後來因為愛上同一個男人而絕交。

林希儀

有一個天才妹妹，常常在心中跟妹妹比較，因此而不快樂。

杜飛揚

林希儀的初戀情人，擁有鋼琴天分卻熱愛體操和流浪，長大後加入太陽馬戲劇團成為雜耍藝人。

葉念菁

小時候長得很胖，缺乏自信心，失戀後脫胎換骨。

蘇綺詩

失戀後到日本念書，忘卻傷痛，立志成為麵包師。

contents

序幕

我們都是醜小鴨，都在等待蛻變。

有一天，當我們蛻變了，

卻又會懷念醜小鴨的日子。

1

聖誕節前，何祖康收到一張卡片。他以為是誰寄來的聖誕卡，打開一看，裡面是一張生日派對邀請卡，署名葉念菁。他想了好一會兒，才記起是誰。葉念菁是他以前在兒童合唱團的同學，她長得很胖，又是個大近視，毫不起眼，難怪他記不起來。那時她常常黏著他，但他就是沒法愛上一個小胖子。他喜歡的是蘇綺詩。許多年後在漫畫社附近的德國蛋糕店再見到她時，她出落得更漂亮了；可是，她當時愛著的是另一個人，然後，某一天，她跟蛋糕店一起消失了。

2

他本來不打算去參加葉念菁的派對的，在漫畫社裡趕稿的時候，他愈來愈心不在焉。終於，他拿起背包，飛奔到街上攔了一輛計程車。

車子戛然停在一盞紅色交通燈前面，快要開始播『Channel A』了，派對會不會已經結束？自從德國蛋糕店關門之後，他再也沒見過蘇綺詩。今天晚上，她也會去嗎？他好想再見到她。

那盞紅燈偏偏地老天荒地亮著。

3

餐廳二樓的燈一盞盞熄了，彩色的氣球零星地飄飛到天花板，葉念菁解開她綁在椅背上的一個紅氣球，何祖康氣喘咻咻地跑上去。

她聽到聲音，轉過身去，兩個人對望了好一會兒，她問：

『你是何祖康？』

『你是——』他覺得她很面熟，卻記不起她是誰。

『我是葉念菁。』

他愣了愣，無法相信眼前的女孩子就是葉念菁。她很窈窕，上身穿著一件深紅色斜扣的襯衣，領子上綁著一條綠色絲巾，下身穿著一條黑色傘裙，戴著一條水鑽腰帶，腳上穿著一雙紅色尖頭高跟鞋。她有一把栗子色的長髮，五官乾淨俐落。

『你變了很多。』

她笑笑說：『你不認得我嗎？』

『他們也是這樣說。』

『他們都走了嗎？』

『都走了，我們還以爲你不來呢。』她把手上的紅氣球綁在椅背上，問：『你吃了東西沒有？這裡還有蛋糕。』她指指剩下的半個拿破崙派，說：『我去請他們開燈。』

她走下樓梯。過了一會兒，二樓的燈亮起來了。

她沿著樓梯走上來，說：『你沒怎麼變啊！還是有一雙大眼袋。』

他靦腆地笑了笑。

她一邊切蛋糕給他一邊問：『你要不要吃點熱的東西？』

『不用了，我吃蛋糕就可以。』

她走去擰開了音響，〈Concerto of Love〉在空氣裡流蕩。

『記得這首歌嗎？』她問。

『當然記得，我們那年去羅馬表演就唱這支歌。』

他低頭吃著蛋糕，有一點不自在，眼前人改變得太多了。他不知道怎樣跟她相處。

『蘇綺詩有沒有來？』過了一會，他問。

『我丟失了她的電話號碼，找不到她，她又沒有跟其他人聯絡，大家都不知道她現在做些甚麼。你有她的消息嗎？』

『我最後一次見她，差不多是一年前的事了，那時她在一家德國蛋糕店裡工作。』他說。

他原以爲來這裡或許會有她的消息，沒想到是更渺茫。

『她長得很漂亮，男孩子都喜歡親近她，對嗎？』

『你也漂亮。』

葉念菁燦然地笑了：『眞的？』

他尷尬地點頭。

『剛才他們每個人都問我是怎樣減肥的。』

『那你到底是怎樣減肥的？』

『那是一個長篇故事。』

4

在流轉的歌聲裡，她回到了從前的時光。

那時候，她架著一副大近視眼鏡，人又長得胖，看上去有點笨拙。她喜歡親近何祖康，他卻不大搭理她。

那一年，剛剛踏入青春期的何祖康，嗓子變低沉了，沒法再唱男高音，只好退出合唱團。

在歡送會上，好幾個女孩子都哭了，唯有她沒有掉過一滴眼淚，坐在一角不停吃東西。

歡送會結束之後，她悄悄跟著何祖康回家。夜已深沉，她躲在他家樓下的電線杆後面，偷偷望著二樓窗邊的他。終於，他家的燈熄了。當她滿臉淚水回過頭去的時候，她看到團裡的朱哲民躲在另一根電線杆後面。

『你爲甚麼會在這裡？』她問。

他低著頭羞怯地從電線杆後面走出來。

她忽然明白了：『你也是來看何祖康的吧？原來你喜歡男孩子。』

他的臉紅了，連忙說：『我不喜歡男孩子的。』

她用手揩去臉上的淚水，說：

『今天晚上的事，不要告訴別人。』

他點了點頭，一副會很忠誠爲她守秘密的樣子。

她從書包裡掏出一排巧克力，問他：『你要吃嗎？』

他搖了搖頭。

她吃著巧克力，打他身旁走過，說：

『那你來這裡幹甚麼？』

身後一陣沉默，她回過頭去，發現他依然站在那裡，羞澀地望著她。

她舐著手指頭上的巧克力碎屑，問：

『你不會是喜歡我吧？』

她和他在團裡一起許多年了，她從來不曾察覺他喜歡她。

那一刻，他沒回答。

『你不可能喜歡我的。』她瞧了瞧自己那十根胖胖的手指頭，沮喪地說。

『你很可愛。』他說。

『因爲我胖，所以你才會說我可愛。胖子是用來逗人發笑的。』她托了托近視眼鏡說。

『你的歌聲很動聽。』

『不可能的。』她轉過身去，繼續往前走。

『你爲甚麼不喜歡你自己？』他在後面喊。

她站著，回過頭來望著他，臉上的淚珠一顆顆掉落在她胖胖的手指間。

那一年，她十二歲。

愛情降臨的時候，她決心要減肥。

可是，她太快樂了，反而愈來愈胖。既然他沒嫌她胖，她就不那麼介意自己的身材了。她不是沒試過節食，可那樣太痛苦了。

十五歲生日的那天，朱哲民跟她在一家小餐館裡吃飯慶祝。那是他們常去的地方，東西好吃又便宜。她最喜歡那裡的羅宋湯和夾著大大片牛油的甜餐包。

她一直期待著朱哲民的禮物。吃完甜點之後，他仍然沒有一點表示。當服務生把盤子收拾乾淨之後，他突然從口袋裡掏出一個鮮雞蛋來，說：

『你可以讓雞蛋站著嗎？』

『嗯？不可能吧？』

她小心翼翼地把雞蛋放在鋪了紅格子桌布的桌子上，雞蛋倒下來了。

一次又一次，無論她多麼小心和專注，雞蛋還是倒下來。

『讓我來試試。』他說。

他輕輕的把雞蛋放在桌子中央，雞蛋還是倒了下來。

『不行的。』她說。

再一次，他憋著氣，很小心的把雞蛋放在自己那邊的桌角。那個雞蛋竟然能夠站著。

『你是怎麼做得到的？』

他神氣地笑笑：『秘訣就在桌布下面。』

她愣了愣，拿起那個雞蛋，掀開桌布，看到桌布底下放著一枚亮晶晶的銀戒指。怪不得雞蛋可以站著。

『生日快樂。』他朝她微笑。

『原來你是早有預謀的！』她拿起那枚戒指，套在右手的無名指上。戒指好像小了一點，她使勁地把手指套進去。

『你甚麼時候把戒指放在桌布下面的？』她問。

『就在你上洗手間的時候。』

『可是，我只有十五歲，現在還不可以嫁給你。』她把右手放在眼睛前方，望著戒指，甜絲絲地說。

『將來求婚的時候，我會買一枚更漂亮的。』他說。

『這個已經太漂亮了。』她望著他，眼裡漾著感動的淚花。

『等到我二十歲，你再向我求婚好嗎？』她說。

他情深地點了點頭，很堅定的樣子。

5

她以爲這樣子的愛情是天長地久的。可是，初戀原來是不可能圓滿的。

她十七歲的那年，朱哲民愛上另一個女孩子。有段時間，她覺得他有點異樣，卻從來不敢問爲甚麼。她害怕知道眞相。她想逃避，他卻不讓她逃避。那天是她十七歲的生日，在同一家餐館裡，他沒爲她準備禮物，一直都顯得心不在焉，沒等甜品來到，他結結巴巴地對她說：

『我們分手吧。』

『爲甚麼？』她顫抖著聲音說。

他沒回答。

『是不是我有甚麼不好？』

他沒回答。

『你說吧！我可以改的。』

『不是你的問題。』

『你是不是認識了別的女孩子？』

『我覺得我和她比較合得來。』

『她是不是長得比我漂亮？』她可憐兮兮地問。

他沉默。

在那家小餐館外面，她哭著把那枚戒指脫下來扔給他，說：

『我以後也不想再見到你！』

他站在那裡，接不住她的戒指，避開她的目光。

她哭得死去活來，一邊哭一邊走上去，彎身拾起那枚跌在他腳邊的戒指，頭也不回的走了。他沒追來，以後也沒有。

6

分手後的一個晚上，她躲在他家樓下的一輛貨車後面，偷偷追悼他在窗前的背影。貨車司機開車的時候，她還不知道。車一開，她的衣服被貨車勾住，給拖在地上走了一段路，直到司機聽到她喊救命的聲音，才急急煞車。

她嚇得只懂哭，以爲自己會死。幸好她身上的脂肪多，成了最好的軟墊，只是擦傷了手和腳。

『死肥妹！你想害死我嗎？』那個其實也很胖的司機跳下車，兇巴巴地罵。

她坐在地上，看著被扯爛了的褲子，眼淚一大把地湧出來。在最苦的日子裡，她想過死，然而，就在這一刻，她才知道自己一點也不想死。

7

一個荒涼的夜裡，她重又把戒指套在右手無名指上，悼念那個年少的盟誓。

床上的被子翻開了，她看到自己那條胖胖的大腿和滿是脂肪的小肚子，還有那一床陪她捱過失戀日子的零食，突然明白他爲甚麼不愛她。要是她是男人，她也會嫌棄自己。這樣子下去，連她自己都不愛自己了，還有誰會來愛她。她一定要爭氣。

三年來，她努力讀書，也努力使自己瘦下來。減肥的過程很苦，但苦不過那種嫌棄自己的感覺。一旦熬過了，她已經不記得每天只吃幾口飯幾棵菜那段有如世界末日的日子。她大學入學試的成績，好得任何一個學系都願意錄取她。她選擇了音樂系。

高一米六五的她，現在只有五十公斤。

半年前，她跑去做了雷射視力矯正手術。不用再戴眼鏡的那一刻，她知道自己是漂亮的。

朱哲民不是答應過等她二十歲生日那天向她求婚嗎？

她聽說他也上大學了。她吃了那麼多苦頭，就是要等這一天。當他看見脫胎換骨的她，一定會後悔當初放棄了她。

音響裡流轉著披頭四的〈Yesterday〉。

『這是比我們老好幾倍的歌啊！』她說。

『披頭四已經有兩個人不在了。歌比人還要長久。』何祖康說。

『從來就是這樣。』她說。

朱哲民以前就很喜歡聽她唱〈Yesterday〉，那時候，只有約翰藍儂不在。

一個月前，她開始寄出生日會的邀請卡，其中一張，是寫給朱哲民的。

三年來，她就是爲了這一刻而努力。

到了最後一刻，她卻沒有把那張卡片寄出去。

她思念自己曾經那麼癡癡地愛一個人，幾乎賠上了生命。可是，她突然發現，她已經不需要向他證明一些甚麼了。

8

離開餐廳的時候，她問何祖康：

『你最近在畫甚麼故事？』

『一個愛情故事，是我第一次當主筆。』他說。

『是怎麼樣的一個故事？』她好奇地問。

『只是很初步的一些想法，還沒決定。』他聳聳肩，『想故事眞的很難。』

『不如寫一個醜小鴨的故事。』她提議。

『醜小鴨？』

『其實，我們都是醜小鴨。』她望著頭頂上的紅氣球，說：『都在等待蛻變。有一天，當我們蛻變了，卻又會懷念醜小鴨的日子。』

自從消瘦了之後，她的手指也瘦了，朱哲民送給她的戒指變得很鬆，她一直把它放在抽屜裡。

今天，她把那枚銀戒指擦拭過，放在一個紅氣球裡。

人為一個目標而努力，最後卻發現那個目標已經不再重要，畢竟會有點空虛。

也許，所有的初戀都是醜小鴨，我們會懷念當時的脆弱和寒傖；後來的愛情，是羽化了的天鵝。

醜小鴨的階段卻是避不過的。

那個紅氣球搖搖曳曳地飄向遠處的高樓大廈，把那枚亮晶的戒指帶到天際。

她知道，以後的愛情也跟以前不一樣了。

從前，朱哲民愛的是原本的她。

以後，男孩子愛的，是今天的她。

02

小天使

從那天開始，她把妹妹當成是小叮噹。
漫畫裡的小叮噹不會長大，
她只是沒想到妹妹也不長大……

1

來到奧卑利街這家義大利餐廳時，林希儀不禁有點失望，杜飛揚不在這裡。

許多年沒見了，每個人都好像一下子長大了，葉念菁走過來挽住她的手，她瘦了很多，不再是從前的小胖子了。

『你妹妹現在做些甚麼，她會不會已經當上哈佛大學的教授？』葉念菁問。

『我猜她現在是霍金的助手！』柯純說。

『她很好。』林希儀邊說邊把外衣脫下來。

這時候，徐可穗突然提出一個問題。

『你們知道當今世上三個智商最高的人現在做些甚麼嗎？』然後，她說：『兩個在瘋人院裡，一個自殺死了。』

大家聽到了天才的遭遇，禁不住一陣嘆息。

『天才和瘋子只是一線之差啊！』柯純說。

林希儀卻在想，這三個人會不會是跟魔鬼交換了靈魂的？時候到了，就要把靈魂拿出來。

歌德的《浮士德》裡，浮士德向魔鬼出賣自己的靈魂來交換知識。曾幾何時，林希儀也甘願以靈魂換取智商，她要她妹妹林于然的智商。

當妹妹還在媽媽肚子裡的時候，媽媽告訴她，很快便有一個妹妹陪她。妹妹出生之後，林希儀才知道那是個騙局。妹妹不可能成爲她的玩伴，她們相差太遠了。

孤僻的林于然只肯親近姐姐。她畫的圖畫跟正常人並不一樣。當她畫人的時候，她畫的是人體每個器官，還有血管和腸子；當她畫一輛車的時候，她畫的是零件而不是一輛完整的車；當她畫一雙鞋子的時候，她畫的是鞋底。

林先生和林太太非常擔心，以爲自己生了個有問題的孩子。他們決定帶她去見專家。

經過一連串測驗之後，專家們發現這個只有四歲的小女孩的確異於常人。她的智商高達一百九十八。

林先生和林太太開了一家五金店，一輩子勤勤懇懇，智力中等，對於自己竟然生出了一個天才兒童，不禁大吃一驚。當天晚上，他們連忙把林希儀畫的圖畫翻出來研究。當他們發現她畫的人沒有分裂成五臟六腑，畫一輛車的時候也沒把車子解剖，可想而知他倆當時有多麼失望。從那天開始，這兩夫婦所有的注意力都落在林于然身上，他們惟恐自己毀掉一個天才。

林先生和林太太買了許多自己都看不懂的書給林于然看。在親戚朋友與新相識之間，他們少不免也會誇耀一下這件他們在某個夏夜中製造出來的傑作。林希儀與妹妹同睡一個房間，她睡在上舖，妹妹睡在下舖；可是，她們之間的距離卻愈來愈遙遠了。

2

一天午夜，林希儀醒來，發現妹妹爬到她的床上，坐在她腳邊，懷裡捧著一本厚厚的書，神經兮兮的。

『你幹甚麼？』她問。

『姐姐，我可以跟你睡嗎？』

『不可以。』她說。

『爲甚麼？以前都可以的。』

『因爲現在我們不一樣了。』她冷冷地說。

林于然可憐巴巴地望著她。

她心軟了，掀開被子，說：

『好吧！』

林于然雀躍地爬進被窩裡，臉朝著她姐姐躺下。

『姐姐——』

『又有甚麼事？』她有點不耐煩。

『地球會微微升起，迎接我們邁出的每一個腳步。』她的小手搭在姐姐身上，幸福地合上眼睛，嘴邊猶掛著一個微笑。

林希儀聽得一頭霧水。她已經習慣聽不明白妹妹說的話。畢竟，這個四口之家裡，只有一個天才。

後來，她發覺妹妹還是有一個好處，就是可以替她做功課，尤其是她最害怕的算術。另一個好處，就是當她想要任何東西的時候，只要說是妹妹想要的，爸爸媽媽一定不會拒絕。

她想養一隻綠鸚鵡，就說是林于然想要的。

那隻綠鸚鵡也真夠勢利眼，來到他們家之後，牠只喜歡親近林于然。

3

『姐姐，我爲牠起了名字，叫阿波羅好嗎？』一天，林于然讓綠鸚鵡站在她手掌上，跟林希儀說。

『隨便你吧。』她沒好氣地說。

林希儀十歲生日的那天，放學之後，她興高采烈地跑回家，以爲會像往年一樣，有一個生日蛋糕在等她。

當她推開門之後，發現除了桌子上的生日蛋糕之外，甚麼也沒有。這個時候，電話的鈴聲響起，她拿起話筒。林太太在電話那一頭說：

『希儀，有一位美國專家來了香港，他是研究天才兒童的權威，明天就要走了。我們和妹妹現在等著見他。你自己吃蛋糕吧。』

『今天是我的生日呢！』她生氣地說。

『這件事對妹妹很重要的。抽屜裡有五百塊，你拿去買禮物吧。』

她悻悻的掛斷電話，把那個生日蛋糕扔進垃圾桶裡，踩了一腳。

『妹妹！妹妹！』那隻綠鸚鵡在籠子裡不停的叫。

她狠狠地盯著牠。

4

初秋的一天，家裡只有她們兩姐妹。

『姐姐，我想去公園。』

『公園不是天才去的，你該留在實驗室裡。』她趴在床上邊打遊戲機邊說。

『我想去。』林于然站在床邊，皺著眉，拉拉她姐姐的衣袖說。

『好吧。』

兩姐妹來到公園，林于然興奮地在草地上亂跑。

『我去買冰淇淋，你不要走開啊！』林希儀說完之後走出公園。

她跑去附近商場買冰淇淋，經過一家店的櫥窗時，她被一雙紅色的溜冰鞋吸引著。她走進店裡，穿上那雙溜冰鞋，想像自己在冰上舞姿曼妙，她一直想學溜冰，她知道自己會很出色，在這方面，她會比妹妹優秀。

買了溜冰鞋之後，她在商場遛達了一會，最後才施施然買了兩球冰淇淋回去公園。

林于然不在草地上，不在球場上，也不在蹺蹺板那邊。林希儀的心涼了半截，一邊找一邊喊妹妹的名字。手上的冰淇淋融掉了，她愈走愈慌。丟失了妹妹，爸爸媽媽一定會殺死她的。她幾乎要哭出來了，忽然之間，她聽到有人喊她。

『姐姐！』

她回過頭去，看到林于然蹲在水池旁邊。

『你去哪裡去了？』她問。

林于然氣定神閒地說：『我一直都在這裡看人家放小船。』

那一刻，她才明白，妹妹是不可能丟失的。

5

後來有一天，林希儀從合唱團的練習回來，看到林于然很傷心地坐在窗台上。那隻綠鸚鵡的籠子打開了。

『阿波羅不見了。』林太太說。

『今天早上我出去的時候，牠還在籠子裡的。』林先生說。

『我們再買過一隻給你好嗎？』林太太跟林于然說。

林于然用力地搖頭，然後從窗台上跳下來，跑進房間裡。

過了一會兒，房間裡傳出一聲尖叫。

林先生和林太太連忙衝進房間裡。林于然抱著頭在床上翻滾，很痛苦的樣子。

『我的頭很痛！』林于然喊著說。

『別怕，媽媽在這裡。』林太太把女兒緊緊地抱在懷中。

『媽媽，我明天要到團長家裡玩。』林希儀站在房間外面說。

『媽媽帶你去看醫生。』林太太用毛巾小心地幫林于然抹汗。

她忽然明白，沒有人在乎她明天要去哪裡。

6

團長杜卓山買了一間新的公寓，這天特地請合唱團裡的同學到他家裡開派對。杜太太在團裡負責彈鋼琴，是個很嚴格、要求很高的人，大家都有點怕她；反而團長比較和藹可親，像個大孩子似的。

大夥兒在樓下跳舞的時候，林希儀到樓上去找洗手間。她看見走廊盡頭有一個房間，門是虛掩著的，裡面透出一線光來。

她推開房門，看到一座亮晶晶的黑色鋼琴，鋼琴上，放著一尊小小的、陶土造的天使。

她坐在鋼琴前，十隻手指頭在琴鍵上隨意地游走。不知道甚麼時候，她猛地抬頭，發現一個男孩子默默地站在她後面。

『喔，對不起。』她站了起來。

『沒關係。』蒼白的男孩說。

『鋼琴是你的嗎？』

『嗯。』男孩點了點頭。

『你喜歡天使嗎？』她摸摸那尊天使。

『我喜歡有翅膀的東西。』

『你喜歡母雞嗎？』

『母雞？』

『母雞也有翅膀。』

『喔，不。』他憨憨地搖頭。

『那你只是喜歡有翅膀而又美麗的東西啊！』然後，她問：『你爲甚麼不到樓下去，大家在跳舞呢！』

『我要練習，下星期有比賽。』

她聽說團長的獨生子年紀跟她差不多，鋼琴彈得很出色，拿了不少獎項，應該就是他吧？

『我叫林希儀，你呢？』

『杜飛揚。』

『聽媽媽說，你妹妹是個天才。』他說。

『但她不會彈鋼琴啊！』她用手指叮叮咚咚的在琴鍵上戳了幾下，問：『可以爲我彈一首歌嗎？』

『你想聽甚麼歌？』

『艾爾加的〈愛之敬禮〉。』

杜飛揚雙手放在琴鍵上悠悠地彈起來。林希儀靠在鋼琴旁邊，沉醉在他的琴聲裡，他的琴聲有一種魅力。

那首歌彈完了，她滿懷欣賞地說：

『你很有天分啊！』

他憂鬱地把琴合上，沒有說話。
『我了解你這種人。』她說。
『喔？』
『就是所謂天才啊！別人不懂的事，他們全都懂，卻又還要擺出一副苦惱的樣子。討厭！』
『我有那麼討厭嗎？』
『嗯！』
他默默無言。
『我說說罷了，別那麼討厭。』
他抬起頭，朝她微笑。
『你喜歡溜冰嗎？』她問。
『喜歡！』
『你會嗎？』
他尷尬地搔搔頭。
『等你比賽完了，我們去溜冰！』

7

那天晚上，她在溜冰場等他。杜飛揚來了，她問：

『成績好嗎？』

『我拿了第一名。』杜飛揚說。

『太好了！』她拉著他的手，說：『我們去溜冰。』

她和他都是頭一次溜冰，沒想到他一學便會，她卻摔倒好幾次。

『所有人都比我聰明。』她靠在場邊沮喪地說。

『別這樣，你也很聰明的。』他靠在她身邊。

『「聰明」這兩個字通常不是用來形容我的。』她苦澀地說。

『我覺得你很特別。』

『我有甚麼特別？』她盯著他。

他結結巴巴的，說不出話來。

『你敢吻我嗎？』她問。

他滿面通紅。

『我知道你是不敢的。算了吧！』她轉過身，踏出幾步，想到溜冰場中央去。

忽然，他溜上前，在她後面的腦袋瓜吻了一下，然後飛快地從她身邊溜走。

『膽小鬼！』她摸著腦袋瓜說，眼睛卻追蹤著他的身影。

8

後來有一天，杜飛揚來五金店找她。

林先生走過來，搭住杜飛揚的肩膀，說：

『你就是那位小小天才鋼琴家嗎？』

杜飛揚尷尬地縮了縮。

林于然坐在一罐油漆桶上面讀霍金的《時間簡史》，對周遭的一切全無興趣。

林希儀和杜飛揚並肩走在公園裡，她說：

『我們去吃披薩好嗎？然後去看電影。我請你。』

『我請你也可以。』

『沒關係，我的零用錢很多。』

『爲甚麼？』

『因爲我不夠聰明囉！』她聳聳肩。

『你妹妹剛才看的是甚麼書？』

『不知道啊！反正她看的書我沒興趣。』

『你好像不喜歡提起她。』

『你不覺得有個天才妹妹很麻煩嗎？每個人都會拿你來跟她比較。』她洩氣地說。

『你可以把她當成外星人啊！』

『外星人？』

『譬如是E.T.或者小叮噹。』

『我倒沒想過。』

『他們根本不屬於這個世界，那就不可能跟你比較了，而且還會帶來很多歡樂。

大雄有了小叮噹之後，不是很開心嗎？』

她站住了，定定的望著杜飛揚，說：

『我爲甚麼沒想過呢？她是小叮噹，我是大雄。我是人，她不是。』

『對。』

『那你就是技安！』她指著他說。

『技安？技安是反派。』

『這是你想出來的，你不做技安誰來做？』

『那好吧！反派有性格！』

『我有東西給你。』她從背包裡拿出一個盒子，說：『你看看。』

杜飛揚打開盒子，那是一只陶土造的杯，杯身上有一雙立體的翅膀。

『是我在陶藝班上做的。』她說。

『謝謝你。』

『為甚麼你喜歡翅膀？』

『那就可以到處去。』

『將來當上了鋼琴家，便可以到處去表演了，奧地利、捷克、義大利、法國……』

他走在她身旁，默默無語。

『不要告訴別人你喜歡有翅膀的東西。』她說。

『為甚麼？』

她笑了：『人家會笑你的，因為衛生棉也有翅膀。』

他們走著走著，杜飛揚看到公園裡有一排鋼架，他跳了上去，玩起雙槓來，姿態優美靈巧。

『你會玩雙槓嗎？』林希儀看得傻了眼。

『我悄悄學的。媽媽不讓我玩，她怕我弄傷手指不能彈琴。』

『是的，你該好好彈鋼琴，你有天分。』

『但我更喜歡體操。你呢？你喜歡我彈琴還是玩體操？』他的眼睛期待著她的答案。

『我喜歡彈鋼琴的你。』她堅決地回答。

帶著失望的神情，他轉過身去，背著她。

那一刻，她不知道自己的答案有多麼糟糕。

後來，當杜飛揚沒有考上茱莉亞音樂學院的時候，他也悄悄在她身邊溜開了。

要很多很多年之後，她才想起自己當天的答案多麼殘忍。

可是，她沒忘記他說的話。從那天開始，她把妹妹當成是小叮噹，但她是一個不跟小叮噹玩的大雄。漫畫裡的小叮噹不會長大，她只是沒想到妹妹也不長大。

9

十二歲那年，林于然因爲連續不斷的頭痛進了醫院，醫生診斷出她腦部有一個惡性的腫瘤，無法切除。

那個冬夜裡，她坐在妹妹的床邊，望著她瘦骨伶仃的小小身軀。

『姐姐。』她張開眼睛喚她。

『你要找媽媽嗎？她很累，剛剛才走。』

林于然搖了搖頭，說：『姐姐，我會死。』

『不會的。你是天才，天才不會那麼容易死，等你的病好了，我帶你去溜冰，很好玩的。』

『基本上，我不覺得人生有甚麼樂趣。』她老練地說。

『你說的我都不懂。』

『姐姐。』她疲倦地吸了一口氣，說：

『我只想成爲你平凡的妹妹。』

林希儀的眼睛紅了，說：『我不配，我太差勁了。你記得有一次我們到公園玩，我差點兒丟失了你嗎？』

『嗯。』

『其實我是故意的，不過後來我又害怕。我討厭你！討厭你比我聰明。』

『我知道。』

『阿波羅也是我放走的。』

『是嗎？』

『你會生我的氣嗎？』

『如果是別人，我會。是你，我不會。況且，牠本來是你的。』

她的眼淚滔滔地湧出來，伏在床邊，嗚咽著說：『其實我一直以你爲榮！』

林于然虛弱地笑了，問：

『爲甚麼很久沒見杜哥哥來找你？』

『他不喜歡我了。』

『將來會有很多人喜歡你的。』

『我也不知道我是喜歡他，還是喜歡彈鋼琴的他。』

『姐姐，你知道綠鸚鵡爲甚麼叫阿波羅嗎？』

林希儀搖了搖頭。

『那是希臘神話裡的一個神啊！在希臘戴爾菲的阿波羅神殿外側，有一句傳頌千古的銘言：「人啊！認識你自己！」姐姐，你要認識你自己，才能愛別人。』

『你說得太深奧了，我不明白。』

『那麼，你記不記得我跟你說過，地球會微微升起，迎接我們每一個邁出的腳步？』

『嗯。』

『但你要首先邁出腳步啊！』她臉上帶著蒼白的微笑說。

林于然邁出了她在世上最後的一個腳步。迎接她的，是天國。自從她走了之後，林希儀告訴自己，這麼聰明的小孩子，也許是誤墮凡塵的天使。時候到了，上帝會來把她接走。綠鸚鵡會在那一頭等她。

從此以後，每當她邁出腳步，她總是相信地球會微微升起來迎接她。妹妹給了她這個信念。

10

『去年，我在法國碰見團長的兒子。』吃甜點的時候，徐可穗突然提起。然後，她說：『你們猜猜他現在做些甚麼？』

『他的鋼琴彈得很好的，是不是當上了鋼琴家？』孟頌恩說。

『才不呢！他在太陽馬戲劇團裡表演雜耍！想不到吧？』徐可穗說。

怪不得這些年來沒有他的消息，原來他放棄了鋼琴。

這一天，林希儀在朋友那裡借了一張太陽馬戲劇團表演的鐳射影碟回家，很仔細地在螢幕上尋找他。終於，她看到了一雙中國人的眼睛。

在那個奇幻的世界裡，他把自己掛在鋼索上，凌空飛墜翻騰。

多少年沒見了？在濃妝背後，她認出她的技安來。那才是他的夢想——做一個永遠不用長大的、插上翅膀的流浪者。或許，他也是誤墮凡塵的天使。

那個夜裡，她拿出那雙很久沒碰過的溜冰鞋來，她要在冰雪上再次邁出腳步。

03 朋友

『萬一我們愛上同一個人，怎麼辦？』

『不會吧？』

『萬一我們都沒人愛呢？』

『那我們就互相照顧一輩子……』

1

孟頌恩拉著行李箱，從機場地鐵站匆匆走出來，鑽上一輛計程車，跟司機說：

『請你快點！快點啊！』

司機回過頭來問：

『你要去哪裡？』

『喔——』她這才想起自己沒有說出要去的地方，不禁笑了笑，說：『半山奧卑利街。』

她看了看手錶，時候不早了。爲了今天晚上這個約會，她特地提早了一天從美國回來。計程車在奧卑利街一家義大利餐廳外面停下來，孟頌恩下了車，拉著行李進去。她把行李箱放在樓下，雙手搓揉了幾下，拍拍兩邊臉頰，才走上樓梯。

同學們圍坐在長餐桌旁邊，已經開始上前菜了。葉念菁站起來，說：『頌恩，還以爲你趕不及回來呢！』

她看著葉念菁，幾乎傻了眼。

『你瘦了很多啊！』她說。

坐在葉念菁身旁的柯純扮了個鬼臉，說：

『今天晚上，你不是第一個說這句話的。』

孟頌恩看了看，發覺少了一個人。

『徐可穗呢，她沒來嗎？』她帶著失望的神情問。

『誰找我？』徐可穗從洗手間出來。

隔著一張長餐桌的距離、隔了數不清的年月，她們互相打量著。

今天晚上，徐可穗戴著一頂灰兔色的羊毛兜帽，緊緊地罩著頭、脖子和下巴，身上穿著一襲寬鬆的黑色裙子，底下套了條牛仔褲，腳上踩著一雙尖頭平底靴子。

孟頌恩穿了一件大V領黑色毛衣，一條小喇叭褲。

『你的頭髮爲甚麼亂得像雞窩？』徐可穗皺著鼻子說。

『是嗎？』孟頌恩從牆上鏡子的反影中看到了自己的頭髮，果然是亂糟糟的。她本來就很不滿意這個前陣子去燙的短鬈髮，今天外面大風，沒想到就給吹成這個樣子。

『你幹嘛戴這麼奇怪的帽子？』她問徐可穗。

徐可穗摸摸自己的頭，問：『漂亮嗎？像不像聖女貞德？』

『聖女貞德倒不像，像銀行劫匪多一點。』

徐可穗咬了咬手指頭，說：

『你還是一貫的嘴巴不饒人。』

『你也是一貫的喜歡標奇立異。』

『徐可穗常常神龍見首不見尾，沒想到她這陣子偏偏在香港，反而你去了美國。』葉念菁說。

『是去做一部電影的配樂工作。』孟頌恩邊說邊坐。

『你在做電影配樂嗎？你以前就很想做這一行的。現在不是夢想成眞了嗎？』徐可穗坐在她旁邊說。

『是啊！你呢？你做甚麼工作？』

『我想開一家精品店，不過，只是想想罷了。』

『爲甚麼不試試？你的品味一向很獨特。』

『你也覺得可以？』

『嗯，你滿適合的。』

『只有你一個人支持我。』她笑了，湊到她耳邊說：

『今天晚上的甜點是拿破崙派。』

『眞的嗎？』她已經許多年沒吃過拿破崙派了。

2

派對之後，徐可穗手上拎著兩個紅氣球，從餐廳走出來，孟頌恩拉著行李，走在她旁邊。

『還是Amigo的拿破崙派好吃！』徐可穗說。

『就是啊！』

『要我幫你拿嗎？』

『不用了。』

『要不要來我家聊天？』

『好啊！反正爸爸媽媽以爲我明天才回來。』

『那乾脆在我家過夜好了。』徐可穗拿出車匙開門。

孟頌恩把行李箱搬到車上。

『我來幫你。』徐可穗抬著行李箱的另一端，無意中看到行李箱的拉鍊釦是個金牌。

『這個？』

『喔，是殺人鯨在國際游泳錦標賽拿的金牌，他送了給我。』

『殺人鯨現在不知怎樣呢？』

『你有見過他嗎？』

徐可穗搖了搖頭：『你呢？』

孟頌恩搖搖頭。

『你經常帶著這個行李箱出門嗎？』

『嗯。』回答了之後，她才知道自己露了底。那不是等於承認她總是把殺人鯨送的金牌帶在身邊，帶到天涯海角去嗎？而其實，她只是一直沒有把金牌解下來罷了。

3

車子駛上山頂一座大宅，這座大宅已經有點蒼老了。

傭人來開門，孟頌恩放下行李箱，穿過長長的走廊，彷彿走進了時光隧道。她還記得第一次來這裡的時候，有多麼的震驚。

『我們去游泳好嗎?』徐可穗邊脫帽子邊說。
『我的行李箱裡沒有游泳衣呢。』
徐可穗笑了笑:『我們又不是第一次裸泳。』
徐家的溫水游泳池在地下室,孟頌恩童年時在這裡消磨過不少時光。
徐可穗把兩個氣球綁在池邊的躺椅上。
她們脫了衣服,跳進水裡。
『你的身材比以前更好呢,眞妒忌你!』徐可穗說:『是三十四B吧?』
『對不起,是C。』
『怎麼會大了的?是不是已經跟男孩子做過那回事?』
『一直都是C。跟男孩子做過那回事是不會變大的。你給誰騙了?』孟頌恩回首一笑。
『是的,跟男孩子做,根本不會變大,你看我就知道。』
『你做了?甚麼時候?』
『先說你的。你跟殺人鯨有沒有做過?』
『當然沒有。你有嗎?』她望著她。

徐可穗甩甩頭髮，吸了口氣，說：『沒有。』

『如果不是因爲殺人鯨，我們會像現在這樣嗎？』

『我們現在也不錯啊！還可以一起游泳。』徐可穗浮在水面上，微笑著說：『這個世界上，有些東西是比愛情悠長的。』

孟頌恩靠在池邊，瞇著眼，看著頭頂那盞射燈暈開了的一圈圈亮光，像童年往事一樣，已經有點朦朧。許多年前那個晚上，合唱團的練習結束，她走到外面等爸爸來接她，看到徐可穗孤伶伶地蹲在一盞昏黃的街燈下面。徐可穗抬頭看了看對面馬路的她，又低下頭。那天是中秋節，兩個人之間的那片天空上掛著一輪圓月。徐可穗加入合唱團的時間，比她們都晚了幾年，大家不太熟絡。徐可穗長得很瘦小，喜歡咬手指，有點高傲，也有點孤僻；但是，你不會注意不到她，她的衣服總是穿得奇奇怪怪的，臉上的表情也比別人多。

爸爸還沒有來，她蹲在地上，跟徐可穗成了一條水平線。一個小男孩神氣地拉著一隻白兔花燈，牽著爸爸的手走過。那個花燈突然翻轉了，一下子就整個燒掉，小男孩哇啦哇啦的大哭。徐可穗望過來，對孟頌恩笑了笑，孟頌恩也咧嘴笑了。

『你在等誰？』徐可穗問。

『我爸爸。他可能去跟人下棋，忘記來接我。你呢？』

『等我爸爸。他大概也忘記了我。』她苦澀地說。

『你媽媽呢？』

『她不在香港。』

這個時候，孟先生匆匆跑來。孟頌恩站起來，扠著腰，說：

『你一定又是去下棋，忘了我！』

孟先生興奮地說：『我剛剛把王叔叔殺個片甲不留！』

『哼！討厭啊！』

『對不起！求你別告訴你媽媽！』

『不說才怪！』

正要離開的時候，她回頭看到徐可穗落寞地蹲著。

『你要不要先來我家？』她問。

徐可穗抬起頭，感激地朝她微笑。

那夜，她們同睡一張床，看著同樣的月光。徐可穗的爸爸終究沒有出現。

第二天早上，當她醒來的時候，徐可穗正在跟孟先生下棋。

『我在教她圍棋。』孟先生說。

『人家根本不會下棋。』孟頌恩說。

『學了就會。』

徐可穗皺著眉看孟先生下棋。

『可穗，你今天就留在這裡吃完午飯才回去吧。』孟太太說。

『我吃了晚飯才走也沒關係。』徐可穗老實不客氣地說。

那天晚上，她在孟頌恩狹小的家裡多留了一夜。

臨睡之前，徐可穗說：『你媽媽做的番茄煮紅衫魚很好吃。』

『你喜歡的話，可以常常來吃。』她說。

那天之後，徐可穗常常來。一天，孟頌恩放學回家的時候，看到爸爸坐在棋盤旁邊，滿頭大汗，徐可穗咬著手指輕輕鬆鬆的在看電視。

『爸爸，甚麼事？』她問。

『沒可能的！』孟先生苦惱地說。

『可穗贏了他，人家跟他學圍棋才三個月。』孟太太從廚房探頭出來說。

爸爸的圍棋技術一向不錯。那一次，她見識到徐可穗的厲害。她東西學得很快，可惜凡事只有三分鐘熱度。她從沒見過她溫習，但她的成績永遠名列前茅。

4

那天，合唱團練習完畢，她問徐可穗：

『你今天要不要來我家？』

徐可穗搖了搖頭：『今天我媽媽回來，你要不要來我家？』

『好啊！』

計程車在山頂一座磚紅色的古堡前面停下來。

『到了。』徐可穗說。

『你就住在這裡？』她不敢置信。這是童話裡才有的古堡。

傭人來開門，她跟著徐可穗走進屋裡去。這是一座三層高的大宅，地上鋪了大理石，裝潢瑰麗，是那種她在電影裡才會看到的、極有品味的豪宅。她不明白，徐可穗爲甚麼寧可窩在她那狹小的家裡。

這個時候，一個穿著長裙、趿著高跟鞋，拿著一個咖啡色盒子，頭髮蓬鬆的女人從樓梯上面『踢踢噠噠』的走下來，摟著徐可穗，親了又親，說：

『媽咪回來啦！你好嗎？』

徐可穗看來沒有太興奮的樣子。

『媽媽，你的頭髮爲甚麼亂得像雞窩？』徐可穗咬著手指說。

她媽媽摸摸頭髮，說：

『喔！我剛才睡著了。』

『這是我的好朋友孟頌恩。』

『你好！』她媽媽親切地抱了抱她。

她不就是蜚聲國際的小提琴家沈凱旋嗎？她在雜誌上見過她，沒想到她就是徐可穗的媽媽。

『我買了巧克力給你，是La Maison Du Chocolat的巧克力呢！』沈凱旋把手上那個咖啡色盒子放在徐可穗懷裡。

徐可穗坐在樓梯上，打開盒子，發覺盒子裡只有兩顆松露巧克力。

『爲甚麼只剩下兩顆，其他的呢？』徐可穗問。

『我在飛機上忍不住吃了！太好吃啦！』沈凱旋吐吐舌頭。

徐可穗噘著嘴，把一顆肥滋滋的巧克力往孟頌恩嘴裡塞。

『但我差人去買了Amigo的拿破崙派回來，那滋味不會比巧克力差啊！我很久沒吃過了。』沈凱旋露出一副饞嘴的樣子，一點也不像一位鼎鼎大名的小提琴家。

『你想去游泳嗎？』徐可穗沒理她媽媽，放下巧克力的盒子，問孟頌恩。

『我沒帶游泳衣。』

『大家都是女孩子，不用穿啦！』沈凱旋說。

徐可穗帶著她來到地下室。那個仿古羅馬浴池建築的游泳池，華美得把她嚇了一跳。

徐可穗脫光了衣服，跳進水裡。

『爲甚麼你從沒告訴我你媽媽是沈凱旋？』孟頌恩一邊脫衣服一邊說。

『這有甚麼特別？她又不會煮番茄紅衫魚。我寧願和你交換。』

『你爸爸呢？』她跳進水裡。

『他們離婚了。』徐可穗使勁地游了一段，站起來，靠在池邊。

『你媽媽滿可愛的。』

『她太神經質了！不適合當媽媽。』徐可穗老成地說。

傭人送來了兩片拿破崙派，她們靠在池邊吃派。那是她頭一次吃到拿破崙派，鬆化的酥皮和海綿蛋糕配合得天衣無縫，是一輩子難忘的滋味。就在這個時候，一頭黑色混種鬈毛小狗走來地下室。

『吉吉，來這裡。』

小狗走到池邊，可憐巴巴地伸出舌頭，徐可穗用手指頭餵牠吃拿破崙派。

『牠是我在街上撿回來的。這間屋子裡，只有吉吉陪我。』

她忽然明白爲甚麼徐可穗寧願和她交換。

徐可穗吻了吻吉吉，回頭問孟頌恩：

『你試過接吻嗎？』

『跟小狗？』

『跟人。』

孟頌恩搖了搖頭：『在電影上見過。』

『想不想試試看？』

『我和你？』

徐可穗咬了咬手指，點頭。

『是不是要合上眼睛？』她問。

徐可穗想了想，說：『隨你喜歡。』

她們一手攀住池邊，向對方的身體移近了一點。

孟頌恩合上眼睛、伸長了嘴巴。徐可穗也閉上眼睛，把自己的嘴印在孟頌恩的嘴上，兩個人緊張得不停吸氣。吉吉突然汪汪叫，她們惶恐地張開眼睛，發現游泳池裡沒有人，這才噗哧一笑。

『跟有鬍鬚的人接吻，不知道是甚麼感覺呢？』徐可穗抱著吉吉說。

『這一天總會來臨的。』

『也許我沒人愛。我不漂亮。』

『你這麼聰明，怎會沒人愛？』

『聰明有甚麼用？』

『誰說沒用？我像你這麼聰明便好了。』

『萬一我們愛上同一個人，怎麼辦？』

『不會吧？』

『萬一我們都沒人愛呢？』

『那我們就互相照顧一輩子好了。』她朝徐可穗微笑。

5

這一天終於來臨了，她們跟著合唱團的客席指揮郭景明去看游泳比賽。郭景明的弟弟就是香港著名泳將郭志人，他有一個外號，叫『殺人鯨』。

殺人鯨出場了，只有十四歲的他，已經長到一米七，挺拔俊朗。徐可穗力竭聲嘶地爲殺人鯨打氣。孟頌恩也不甘示弱，站起來大喊加油。

殺人鯨贏得漂漂亮亮。經過觀眾席的時候，他回頭一笑，視線剛好落在孟頌恩身上。孟頌恩的心臟縮了一下，癡癡地望著他。徐可穗落寞地咬著手指。

『郭指揮，下星期來我家開派對好嗎？』徐可穗忽然跟郭景明說：『可不可以也請郭志人來，讓他給我們上一課，示範正確泳姿？我身子弱，媽媽要我多游點泳。』

『對呀！我的自由式總是游得不好。』孟頌恩附和著說。

6

那天，在徐家的游泳池旁邊，合唱團裡的男孩和女孩雀躍地等著上郭志人的課。郭志人穿著比基尼游泳褲出來，站在池邊，說：

『人都到齊了嗎？』

徐可穗含羞答答地點頭。她穿了一襲黑色游泳衣，外面套了一件短袖 Betty Boop 圖案棉衣，好掩飾平坦的身材。

『還有我！』孟頌恩這時跑進來。她穿了一襲黑色比基尼游泳衣，美好的身材表露無遺，看得殺人鯨張大了嘴巴。

兩個人在浴室一起洗澡的時候，徐可穗問孟頌恩：『你的游泳衣是甚麼時候買的，爲甚麼我沒見過？』

她一邊哼著歌一邊說：

『昨天買的。』

『我剛才跟殺人鯨說好了，他以後每星期來教我游泳。』徐可穗說。

『爲甚麼？』她詫異地問。

『他一向都有當兼職教練的，我給他最優厚的學費，他便不用再教其他人。』

『你這不是以本傷人❶嗎？』她悻悻地說。

❶以本傷人：自恃有錢的意思。

『你也可以一起學的。』

『我才不要！我付不起錢！』她拿了毛巾氣沖沖地走出去。

那天之後，殺人鯨每個星期跟徐可穗在地下室單獨共處，他也每個星期跟孟頌恩出去。

終於有一天，孟頌恩按捺不住問殺人鯨：

『你到底喜歡哪一個？』

殺人鯨結結巴巴地說：

『她聰明，你漂亮。』

『但你只可以喜歡一個！』她生氣地說。

『你們很相似。』他憨憨地說。

『我和她一點也不相似！你去找她吧！不要再來找我。』

殺人鯨眞的沒有再來。她同時失去了一個好朋友和一個喜歡的人。她眞的恨徐可穗，是她把殺人鯨搶走的。

7

兩個月後的一天，殺人鯨垂頭喪氣來找她。

『她說她不喜歡我了。』他哭得死去活來，眼淚鼻涕一大把的，像個受傷的小孩。

孟頌恩衝上徐可穗的家，徐可穗正在浴缸裡用刮鬍刀小心翼翼地刮腳毛。

『既然不喜歡他，為甚麼又要搶？』她悻悻地說。

『你說甚麼？』

『殺人鯨！』

『除了游泳之外，他甚麼也不懂！』徐可穗用嘲笑的語調說。

『你甚麼都是三分鐘熱度！』

『你喜歡的話，可以拿去。』

孟頌恩生氣地說：

『你不要的東西，便施捨給我嗎？我才不要！』

『我不是這個意思。我們就為一條殺人鯨絕交嗎？』

『你真是討厭！活該你沒有一個幸福家庭！』

徐可穗怔怔地望著她，眼睛紅了。

她知道自己說得過分了一點，可是，徐可穗又何曾珍惜過這段友情？

『請你出去！』徐可穗說。

她孤伶伶而又屈辱地離開了那座古堡。

8

今夜，池邊的亮光映照在她們赤裸的身體上。徐可穗游了一段，回頭說：

『我後天要走了，約了媽媽在佛羅倫斯見面。本來是今天走的，我延後了兩天。』

然後，她又問：

『跟有鬍鬚的人接吻是甚麼感覺？』

孟頌恩笑了笑，說：

『那得要看是早上的鬍子還是晚上的。』

『有分別嗎？』

『早上的鬍子剛長出來，又短又硬，很不舒服；晚上的鬍子長一點，舒服得多。你呢？』

『那要看長短。』

『我沒試過長的。』

『短的比較痛，長的溫柔，我愛過一個人，他蓄著一把鬍子。』

『他很老嗎？』

『四十歲，不算老啊！』

『四十歲很老了！』

『四十歲的男人有二十歲男人沒有的東西啊！』她說。

這個時候，吉吉走來地下室。

『喔，吉吉，很久沒見了。』孟頌恩靠在池邊，揚手叫吉吉過來。

『牠老了，動作沒以前那麼靈敏。』徐可穗說。

吉吉搖搖擺擺地走到池邊，孟頌恩把牠抱在懷裡，無意中看到牠的狗環上掛著一個金牌。她詫異地望著徐可穗。

『是殺人鯨送給我的，他在亞運會拿的金牌。』徐可穗咬著手指頭，怪不好意思地說。

孟頌恩搖搖頭，笑了一下：

『我始終還是輸給你。』

徐可穗咯咯地笑了，轉過身去，痛快地游了一段，回頭說：

『我們來比賽吧！』

『我是不會輸給你的！』孟頌恩插進水裡，激起了一重重浪花。

躺椅上的兩個氣球不知甚麼時候飄飛到半空，越過昏黃的射燈，總是成雙。

04

初戀

那些屬於年少的糜爛與甜蜜的墮落，
是她成長裡最絢爛的回憶。
只是，他已經離她很遠了，
或許已經把她忘得一乾二淨……

1

從葉念菁的派對出來，柯純嗅到一股糖炒栗子的香味，那混著火苗的清淡氣息隨著寒夜晚風一陣陣飄送到她的鼻孔裡，有一種溫飽幸福的感覺。

她看到路旁停了一台賣糖炒栗子的木頭車。一個中年男人，脖子縮在衣領裡，戴著一雙手套，用一把用來修路的大鐵鏟在炒栗子。

那年，在異國，也是栗子香的季節。

那個秋天，兒童合唱團到義大利羅馬表演。表演結束後的第二天，團長帶著他們一行人在羅馬市中心遊覽。市中心擠滿了遊人，她和秦子魯在著名的特雷維許願池附近跟大家失散了。

正在徬徨的時候，她嗅到一股糖炒栗子的香味。許願池旁邊，一個老人正在賣新鮮的炒栗子。她沒想到義大利街頭也有這種好滋味，好得讓她忘記了迷途的恐懼。

『我想吃栗子。』她跟秦子魯說。

他們付了錢，老人伸手進木桶裡抓了一大把栗子放在一個紙袋裡。義大利的栗子跟香港的不一樣。這裡的栗子每一顆都像橘子那麼大，比香港的栗子甜得多。

清冽的月光浮在羅馬的天空，柯純和秦子魯靠在許願池旁邊剝栗子。

『你記不記得團長說，把一個銅板投到特雷維許願池裡的人，有一天會再一次回到羅馬？』她邊說邊從錢包裡掏出一個銅板，『咚』的一聲投到池裡，然後把另一個銅板放在秦子魯手裡。

秦子魯接過銅板，拋出一個優美的弧度，那個銅板掉在池裡，漾起了水花。

『你有甚麼願望？』他問。

『我希望快點長大。』她說。

『長大有甚麼好？』他皺起眉頭說。

『那就不用再渴望長大了。』她把一顆栗子送進嘴裡，問：『你呢？有甚麼願望？』

他搔搔頭，想了老半天，說：

『我希望所有的願望都會實現。』

『太貪婪了！』

他忽然指著她的臉，說：『你嘴邊黏著些栗子碎。』

她用手去抹，抹不到。

他伸手去替她抹走那顆栗子碎屑。

她的耳根陡地紅了起來。她剛剛許願希望快點長大，怎麼一下子就長大了？

2

她進合唱團的時候是五歲，秦子魯比她晚一年。他有一頭棕黃色的頭髮、羞澀的神情配上一張俊美的臉，看起來像個女孩子。她剛好相反，她蓄著齊耳的短髮，不愛穿裙子，人又粗魯，倒像個男孩子。

她和他住在同一條街上，念不同學校的同一級。她念女校，他念男校，兩個人常常有說不完的話題。秦子魯長得好看，演出的時候，指揮總讓他站在前排最搶眼的位置。團裡的女孩子都愛跟他聊天，可柯純知道，他跟她才是最要好的。

八歲那年的一天，她放學回家的時候，看到秦子魯在街上被三個男孩子欺負。他們把他按在地上，用彩色筆塗污他的臉。柯純連忙衝上去跟那三個男孩子扭打。她被其中一個男孩子推倒在坑渠邊，膝蓋受傷了。那三個男孩子也落荒而逃，彩色筆掉滿了一地。

他感激地朝她微笑，又為自己被欺負而感到有點難堪。她拾起一枝彩色筆，在他臉上畫了個交叉，他也用彩色筆在她額頭畫了個圓圈。兩個人愈畫愈起勁，直到秦子魯的爸爸秦先生經過看到他們的時候，把這兩個花面貓拉起來，他們仍然笑個不停。秦先生沒好氣地說：『《老夫子》也沒你們這麼好笑！』

3

那年，暑假將要結束，秦子魯已經做好了暑期作業，柯純連碰都沒碰過那疊作業。

『我來幫你做吧。』他帶著筆袋到她家。

他們在桌子上鋪滿了零食。做到一半的時候，她軟癱在地上問：

『你有沒有見過你爸爸媽媽做那個？』

『那個？』他答。

『嗯。』

『很小的時候見過。』

『他們是怎麼做的？』她爬起來問。

『我看見他們扭在一起，好像打架似的。你爸爸媽媽呢？』

『我看見他們在床上滾來滾去。』

過了一會兒，她問：

『我們要不要試試看？』

『也好。』他點點頭。

柯純和秦子魯面對著面站了起來。

她攬著他，他抓著她，用身體互相摩擦，倒在地上滾來滾去。

她喘著氣，說：『一點也不好玩。』

『就是啊！我長大了也不要跟女人做這個。』

『我也不要跟男人做。』她說。

當秦先生來接秦子魯的時候，秦先生慈祥地問：『你們兩個今天做了些甚麼？』

他們傻傻地望著他。

倏忽五年了。兩個人已經由小孩子變成少年人。這一刻，在特雷維許願池旁邊，他們各自低著頭，凝視著自己那十根被栗子殼染黃了的手指頭，驚異地意識到大家已經長大了。她的胸部開始發育，他也長高了很多，跟從前不一樣了，一些微妙的改變正在發生。

突然，他們聽到身後傳來兩個中國人的聲音。兩個人同時回過頭去，看到團長和團長太太就站在那兒。團長抹了一把汗，說：

『終於找到你們了！』

柯純和秦子魯交換了一個眼神，很有默契地做出一個可憐又無辜的表情，她把吃剩的一顆栗子悄悄塞進口袋裡。

4

從義大利回來之後，又過了一些日子。一天補習後，回家的路上，她嗅到一陣陣栗子的甜味。一個老人在長街上賣糖炒栗子，她買了一大包。

爲怕栗子涼了，她用身上的毛衣兜著栗子，連跑帶跳的來到秦子魯家裡。

她走進他的房間，把身上的栗子抖落在窗台上。

他爬到窗台上，兩個人坐在那裡剝栗子。

『我想養一隻小狗。』她說。

『好啊！我也想養一隻小狗，但我爸爸只喜歡金魚，我媽媽討厭小動物。』

『我們可以合養一隻。』

『那怎麼分配？』

『一天跟你，一天跟我。』

『好啊！養甚麼狗好呢？』

『我喜歡牧羊犬。』

『我喜歡貴婦狗。』

『甚麼？』她難以置信地望著他。

『貴婦狗。』他尷尬地說。

『哪有男人喜歡貴婦狗的？』

他窘迫地說：『貴婦狗滿可愛的。』

『你喜歡貴婦嗎？』

『狗？』

『我是說那種舉止高貴溫柔的女人。』

秦子魯搖了搖頭。

『你不介意女孩子粗魯和不夠溫柔？』

秦子魯微笑搖頭。

『我想養一隻黑色的狗。』她接著說。

『牧羊犬好像沒有黑色的。』

『那就養別的。』

『爲甚麼要黑色？』

她一邊剝栗子一邊說：『黑色沒那麼容易髒嘛！我樓上那家人養了一隻小白狗，久而久之，牠變成了一隻灰狗。黑的便不會變成灰。』

他說：『貴婦狗有黑色的。』

她瞪著他，說：『不要貴婦狗！』

夜已深了，房外忽然傳來秦先生和秦太太吵架的聲音。

秦子魯好像已經習以爲常了。

過了很久之後，他們聽到砰然一聲的關門聲。

柯純俯身望向街上，看到秦先生身上穿著睡衣，趿著拖鞋，抱著他那缸金魚從公寓走出來，上了一輛計程車。

『你爸爸走了。』她告訴秦子魯。

『也不是頭一次。』

『但他帶著那缸金魚。』

他愣了愣：『那倒是頭一次。』

『我爸爸媽媽也常常吵架。』她安慰他。

他從窗台上跳下來，打開衣櫃最底下的一個抽屜，拿出一包萬寶路香煙來。

『你會抽煙嗎？』她驚訝地問。

『是偷我媽媽的。』

她坐在床邊，會意地朝他微笑。

他點了根煙，狠狠地抽了一口，然後遞給她。

她用手指夾住那根煙，用力地啜吸了一下，又交給他。

他噴了一個煙圈，說：『我媽媽常常背著我爸爸向那缸金魚噴煙圈，她恨死牠們。』

話剛說完，他就嗆到了，靠在床邊不停地咳嗽。她挨在他身邊，笑得眼淚都流出來了。

『你有沒有想過自己甚麼時候死？』他問。

『你想過？』

『嗯。』帶著憂鬱的神情，他說：『我想我會在二十五歲之前死去。』

『爲甚麼？』

『二十五歲已經夠老了。你呢？』

『我只是曾經想過幾歲會結婚。』

『幾歲？』

『二十六歲。』

『我死了你馬上就結婚？』他有一種被背棄的感覺。

『我怎麼知道你準備二十五歲前死去？』她爬到他身邊，手托著頭，用那雙無辜的眼睛望著他。

『你想不想試試接吻？』她顫抖著聲音問。

『你試過了？』語調中充滿妒忌。

『沒有。』她用力地搖頭。

『嗯，好的。』他點了點頭。

她伸出食指，彎了彎，說：『你要靠過來一點。』

他把身體移向她。

她合上眼睛，伸長了嘴。

過了一會，她張開眼睛，發現他不在房間裡。這時，他匆匆跑回來。

『你到哪裡去了？』

『我去刷牙，用我媽媽的去煙漬牙膏。』他難為情地說。

『你才沒有煙漬。』她沒好氣地說。

隔壁房間傳來他媽媽的嚎哭聲和摔東西的聲音，她側著身子，他也側著身子，他伸長了嘴，她用嘴巴啜吸他的嘴巴，兩個人像殭屍一樣，在床上動也不動。

5

那夜之後，秦先生和他那缸金魚沒有再回來。他後來跟一個年紀差不多可以當他女兒的大學女生在一起。

自從殭屍事件之後，秦子魯對她有點若即若離。她常常聽她媽媽說，男人把女人得到手之後就不會珍惜。但，問題是他還沒有得手啊。他不會笨得以為這樣算是得手吧？

那段日子，他常跟一個叫劉望祖的男同學出雙入對。劉望祖那張臉比白紙更要蒼白，還有哮喘病。他是由祖父母帶大的。他祖母每天都送飯到學校給他，飯後還會幫他抹嘴。

『我爸爸走了，但他爸爸媽媽都走了。』秦子魯說。

她不以爲然地說：『你總會找到身世比你可憐的人。』

那天，秦子魯答應放學後找她。她在家裡一直等一直等，都見不到他。她跑去他家，推開他的房門，看到他和劉望祖兩個人有說有笑。

『你祖母被車撞傷了！』她很凝重地告訴劉望祖。

劉望祖嚇得幾乎昏了過去。

『你還不快去看她？她現在很危險呢！馬路上還留下了一大攤血。』

劉望祖連忙抓起書包衝出去。

『你見過他祖母嗎？』秦子魯詫異地問。

『沒見過。』她靠在牆上說。

『那你怎知道她被車撞倒？』

『我騙他的。沒想到他會相信。』她抱著肚子咯咯地笑。

『你太過分了。他是有哮喘病的，萬一發作怎麼辦？』

『你爲甚麼那麼關心他？』她滿懷妒忌的說。

一瞬間，他的臉漲紅了。

『你近來爲甚麼避開我？』她怏怏地問。

『我沒有。』他怯怯地往後退。

『你有。』她把他逼到牆角。

『沒有。』

『眞的沒有？』她可憐兮兮，像一隻被同伴丟下的小動物。

『我只是有點兒混亂。』他沮喪地說。

『混亂？』

『我不知道自己到底喜歡女孩子還是男孩子。』

她吃驚地望著他。

『你跟劉望祖做過我跟你做的那些事？』

他連忙說：『沒有，沒有。』

『你喜歡我嗎？』她問。

『喜歡。』

『沒可能的。既然喜歡我，就沒可能喜歡男孩子。』

『你身上有哪一點像女孩子？』

她氣極了，捉住他的手。

『你幹甚麼？』

她把他的手放在自己的乳房上，說：『男孩子有這個嗎？』

他的臉羞得通紅，沮喪地說：『我只是怕自己弄錯了。你記不記得我們談過養狗的事？你說你想養一隻黑狗，因爲黑狗不像白狗，會變成灰狗。我想，這個世界並不是只有黑和白，我會不會是灰的？』

『灰的？』她望著他良久，終於『哇』的一聲哭了出來。

她賭氣不再跟他來往。搬家的時候，也沒有通知他。

直到某年某天，她在『Channel A』節目裡聽到一把熟悉的歌聲，這個新人的名字就叫秦子魯。他憑著一張俊美的臉孔被星探發掘，瞬間成爲冒起得最快的新人。無論他去到哪裡，都有一群少女把他重重包圍。

有誰知道他是她的青春夢裡人？他們曾經一起幹過許多小小的壞事。那些屬於年少的糜爛與甜蜜的墮落，是成長裡最絢爛的回憶。只是，他已經離她很遠了，或許已經把她忘得一乾二淨。

6

後來有一天晚上，她跟榮寶去酒吧。上洗手間的時候，在走廊上碰到秦子魯。

他們詫異地對望著。

『純純。』他首先叫她。

這是她的乳名，已經很久沒有人這樣叫她了，時光一下子倒流回去童年的那段日子。

『你好嗎？』她靦腆地說。

他點了點頭，問：『你呢？』

她點點頭。

『你爸爸媽媽好嗎？』

『爸爸後來跟那個女大學生分手了，但他沒有回來，魚也沒有回來。』

她笑了。

『你爸爸媽媽呢？』

『還不是老樣子，天天吵。』

『你留了長髮。』他說。

『現在看起來是不是比較像女孩子？』

他笑了。

『你現在有養狗嗎？』他問。

她搖搖頭：『找不到灰色的。』

他一臉尷尬。

『我只是開玩笑。』她連忙說。

『你可以答應我一件事嗎？』他問。

『嗯？』

『關於我以前跟你說過的……就是說……我很混亂的那回事……你可不可以不要告訴任何人？就當作是我們兩個人之間的秘密。』他結結巴巴地說。

『喔，那件事——』

『嗯。』他的臉紅了。

『我怎會不告訴別人呢？』她頓了一下，『我會說你很鹹濕，我要叫所有女人小心你。』

秦子魯燦然地笑了。

他們對望著，有一種親近與熟悉。她在他眼眸裡重溫了逝去的童年和那段秘密的時光。

『你搬家的時候爲甚麼不告訴我？』他問。

她抱歉地笑了笑。

今夜，栗子混著火苗的氣息，喚回了最美好的初戀。她不知道有沒有機會跟同一個人重回羅馬。但她第二個願望的確實現了。可是，她現在又不想長大。長大有甚麼好呢？

05

爸爸的情人

她不會明白，他內心有一種荒涼。

他不想被承諾或者被一個人縛束，

半輩子之後，才發現自己愛的是另一個人。

1

車子從香港往廣州駛去。昨天下過一場大雨，一路上有些顛簸。秦子魯蜷縮在車廂裡，連日來忙著新唱片的宣傳工作，他這兩天只睡了幾個小時，現在還得趕去廣州出席一個簽名會。

他撥了柯純的電話號碼。電話鈴聲響起，那邊沒人接。他等了很久，眼睛都累得睜不開了，朦朦朧朧之間，聽到柯純的聲音。他聽到她在電話那一頭叫了好幾聲，他很想回答，但是身體已經不聽使喚了，他睡著了。

不知道過了多少時候，有人輕輕拍拍他的肩膀。他張開眼睛，看見他的助手。

『我睡著了嗎？』

『過了羅湖不久，你便呼呼大睡，電話還放在耳邊呢！』助手說。

他這才知道，柯純的聲音並不是在夢中出現。他想再撥一通電話給她，可是，時間已經不容許了，簽名會場外面，一大群歌迷在等他。他理理頭髮，抖擻精神走下車。

簽名會結束之後，他們匆匆回程。天黑了，司機開得比較慢。他調低車窗，外面有點冷，他打了個寒顫，把窗子關上，打了一通電話給柯純。

『今天下午的時候，是你打來嗎？』柯純在那一頭問。

『嗯。』

『那你爲甚麼不說話？』

『等你接電話的時候，我睡著了。』

『對不起，我剛剛離開了座位，聽到鈴聲才跑回去接電話，卻沒有人回答。你在哪裡？』

『正在廣州坐車回來。我們待會見面好嗎？』

『嗯，我在家裡等你。』

2

『你看甚麼？你開車的時候應該看著前面而不是看著我啊！』她在他的車上微笑著問。

『知道了。』他轉過頭去，專心開車。

在娛樂圈，他有機會見到許多漂亮的女孩子。但是，柯純就是不一樣，她有一種屬於靈魂的東西。她的童年和少年故事裡，也有他的故事。他的故事裡，同樣有她。這個世界上，沒有第二個這樣的人。

『你瘦了。』她說。

『你找到工作了嗎？』

『上次在電話裡不是告訴過你嗎？榮寶介紹我去一家電訊公司工作，上班都快一個月了。』

『喔，對不起。』

她有點沮喪，『沒關係，反正我們很久沒見面了。』

『你以前沒這麼小器的。』

『你是說多久以前？』

『小時候。』

『我一向都很小器的！你不記得我連搬家也不告訴你嗎？』

『你記不記得我們以前一起做過的事？』他把車停在路邊，說。

『我們一起做過很多壞事，你是說哪一件？』

『你當時像一條殭屍！』他咯咯地笑。

『你也好不了多少！竟然在重要關頭跑去刷牙！』她說。

就在那一瞬間，他俯下身在她唇上深深吻下去。

『你從沒吻過別人嗎？』他問。

『誰說的？』

她不肯承認，這些年來，她只吻過他一個人。許多年後的今天，她竟然還是像殭屍一樣，她眞痛恨自己。下一次，她決不會這樣。當她朝他看的時候，他坐在駕駛座上，合上了眼睛。她以爲他在陶醉，可是，過了很久，她終於發現他睡著了。他竟然就這樣睡著了。她憐惜地撫撫他的臉，他實在是太倦了，她不忍心叫醒他。

她就這樣在車裡待著，不知不覺已經天亮了。矇矇矓矓的時候，有人在她頭上吻了一下，她張開疲倦的眼睛看見他，他抱歉地微笑。

『我要去電台，先送你上班吧。』

『我自己坐車好了，你趕快回去吧！』她匆匆走下車跟他揮手道別。

『我今天會有時間，吃晚飯好嗎？』他說。

她點了點頭。

那個晚上，她在小餐館裡等了很久，他的電話沒人接聽。餐廳打烊前，她隨便點了一個雜菜湯，喝進肚子裡的卻不知道是甚麼滋味。

她從小餐館出來的時候，看到狼狽地趕來的他。她本來還擔心他有意外，看到他好端端的時候，卻反而生氣。

『不需要告訴我理由了！你是大紅人，我只是個平凡的小白領。我的時間太多，你的時間太少了。』

『我忘了黃昏的時候還有工作要做！』

她一邊走一邊氣沖沖的說：

『算了吧！秦子魯！我們沒可能的！根本連開始的機會都沒有。』

她眼裡盈滿了淚水。她本來多麼期待這個晚上，她發誓今天晚上被吻的時候不會再像殭屍。

『請你不要再找我了！』她說：『我不是你的歌迷，只要見到你就會發瘋，等多久都心甘情願！我也有我的生活！我也有我的尊嚴！』

『你幹嘛發這麼大的脾氣？』

『難道我應該逆來順受嗎？我才不希罕你！』她激動地說：『如果你真心喜歡一個人，起碼你應該重視她！』

她跳上一輛計程車走了。她不明白自己爲甚麼如此憤怒，也許，她實在是希罕他的愛，愈是希罕，愈怕自己露底。

他垂頭喪氣地爬上車，漫無目的的在街上繞圈。最後，他來到一幢公寓外面，天知道爲甚麼許多年後他會回來這個地方。

3

那一年，爸爸抱著一缸金魚離家出走。爸爸出走的那天晚上，柯純在他房間裡。他們吃糖炒栗子、偷偷抽煙、第一次接吻。他以爲爸爸會回來的，但他沒有。

秦振孫跟一個大學二年級的女生同居，兩個人住在大學附近一幢租來的公寓裡。那個女大學生才二十歲，洋名安妮，年紀比秦振孫小了一大截，幾乎可以當他的女兒。

柯純搬走之後，他一個人寂寞得很。從某天開始，他每天都跑到秦振孫跟安妮同居的公寓來。安妮每天走路去大學上課，他悄悄跟在她後面。萬一那天她跟秦振孫一起外出，他便會放棄。他想知道爸爸爲了一個怎樣的女人而離開他們。他甚至想過，要是發現她有一些不可告人的秘密，比如說她還有別的男友；那麼，他肯定會向秦振孫揭發她。

安妮很年輕，她蓄著一頭長直髮，有一雙長腿，愛穿短裙和花花布鞋，常常拿著一個鮮黃色的書包。她走路的時候，會自顧自的微笑，好像在想事情，一副很傻氣的樣子，完全不是他想像中的那種狐狸精。

他就這樣跟蹤了她一個多月。那個早上，他一如往常地跟在她後面，來到一個拐彎處，她忽然跳出來，站在他面前，把他嚇了一跳。

『你已經跟蹤了我很久，你是誰？為甚麼跟蹤我？』

他嚇得掉頭夾尾跑了。

隔天，他又再跟蹤她上學。這一次，他故意落後一點，不讓她發現。可是，他畢竟還不是她的對手，在一家速食店外面，他被她逮著。

『你是不是喜歡我？』她朝他促狹地微笑。

他羞得滿臉通紅。那一刻，他發覺她很像一個人。她像柯純，喜歡捉弄他。

『你吃了早餐沒有？』她問。

他搖搖頭。

『來吧！我請你。』

她買了牛奶和雞蛋三明治給他，自己要了咖啡和一個栗子麵包。她把黃色書包放在旁邊的椅子上，一小口一小口地喝咖啡，看了又看他。他別過頭去，避開她的目光。

『原來你長得很好看，有點像女孩子呢！』她說。

他知道，也許因爲如此，她才不介意被他跟蹤。

『你爲甚麼跟蹤我？』

他低下頭沒回答。

『你不打算告訴我嗎？』

他沒回答。

『那算了吧！』

『你上幾年級？』她問。

他沒回答，只顧低著頭吃三明治。

她沒生氣，咬了一口麵包，說：『你這個年紀只能當我的小弟弟。而且，我已經有男朋友。』

『你喜歡他嗎？』他抬起頭問她。

『不喜歡又怎會跟他在一起？』

『你喜歡他甚麼？』

她天眞地笑了：『喔，你眞是人小鬼大。』她啜了一口咖啡，說：『他很可愛！』

他從沒聽別人說過他爸爸可愛。秦振孫在家裡一向話不多，也沒有甚麼幽默感。

『你將來便會明白，當你喜歡一個人，就會覺得他可愛。他的一切，包括他睡覺的樣子，都只能夠用可愛來形容。』

『你們一起睡覺？』他有點生氣。

她尷尬地笑了笑，說：『你妒忌嗎？將來，你也會遇到喜歡的女孩子，你會想跟她睡，而且覺得她的一切都很可愛。』

他望著她，他竟然不恨這個搶走他爸爸的女人，他本來是應該恨她的。

『你爲甚麼跟蹤我？』她忽然問。

他愣了愣，以爲她早已經放棄了，沒想到她繞個圈再問一遍。

他就是不回答。

她笑了：『那我就認定你是喜歡我了！』

他眨了眨眼，不置可否。

『你要吃栗子麵包嗎？這裡的栗子麵包很好吃的。』她說。

他搖搖頭。

『你不愛吃栗子嗎？』

他明明愛吃，卻聳聳肩，一副不愛吃的樣子。

『我喜歡吃栗子，尤其是冬天的糖炒栗子，這附近就有一攤。』她說。

從速食店出來，她掃了掃他的頭，用一種大人的眼光看他，說：

『等你長大了，再來找我吧！』

然後，她跟他揮揮手，跑到對面人行道。他看著她輕快的身影消失在落葉紛飛的長街上。他就是這樣成了媽媽的叛徒，沒法恨這個第三者。

4

那天以後，他沒有再去跟蹤安妮。

兩年後再見到她時，她已經大學畢業，他也上了中學，而且比兩年前長高了許多。

那天，爸爸約了他吃晚飯。這種約會，大概是三、四個月才會有一次，父子倆也沒有甚麼好說的，都是爸爸問問他的近況。那一天，安妮在後來出現。她是下班後趕來的。當時秦振孫覺得是時候讓他們兩個人見面了。他希望兒子喜歡安妮，他打算跟安妮結婚。

安妮驚訝地認出他來，她並沒有揭發他，裝著是第一次見面那樣。她成熟了，穿著一套上班的洋裝，理了個清爽的短髮，她的話說得很少，偶爾朝他笑笑。她好像是生他的氣，可是，顧盼之間，她也好像想他喜歡她。她的笑容令他迷惑。

那個晚上，她點了一道栗子布丁。吃布丁的時候，她問他：『你喜歡吃栗子嗎？』

『他喜歡的。』秦振孫說。

『喔！』她咬著叉子，朝他微笑，彷彿揭穿了他當年的謊言。

他低著頭，整個晚上都沒說話。他壓根兒覺得她跟自己的爸爸並不相稱。她太年輕了。

安妮終究沒有成爲他的繼母，她後來和秦振孫分手了。也許，她不再覺得他可愛吧。她離開了那幢公寓，只剩下一個老男人，回味著他這一生最刺激的一段愛情。秦振孫發現，他從來沒有愛過他以前的太太，而他愛的那個，卻已經長大，拍翅飛走了。

這段往事，秦子魯從來沒有告訴任何人。直到許多年後的一天。他從香港出發去東京，想要逃離工作的壓力和不愉快。在機場，他碰到她。

她還沒結婚，外表比實際年齡年輕，當時正準備到美國出差。他們在候機大廳的 Starbucks 遇上，彼此點過頭，她首先說：

『你出唱片了。』

『是的。』他靦腆地說。

『那時你還是個小孩子。』然後，她說：『那時你一定很恨我吧？』

他反過來問她：『後來見到我時，你有一點兒內疚嗎？』

她仰頭笑了：『我從不後悔我做的事。』

道別的時候，她笑笑說：

『眞是不可思議啊！我差點兒成了你媽媽。』

他朝她微笑。他甚至想要感謝她，她是他孤寂的少年時代裡一隻偶爾從窗外飛進來的黃色小鳥，讓他得以窺見窗外的另一個世界，讓他對女孩和將來有了憧憬，不再陷入性別的疑惑之中。他終於能夠確定，他是喜歡女人的。

秦振孫兩年前已從這棟公寓搬走了。可是，這個夜裡，秦子魯不知怎地重返舊地，重訪當時年少的日子。他喜歡柯純嗎？她說得沒錯，假使他眞心喜歡一個人，他起碼應該重視她。只是，她不會明白，他內心有一種荒涼。他不想被承諾或者被一個人縛束，然後像他爸爸那樣，直到半輩子之後才發現自己愛的是另一個人。

他弄不清楚，他對柯純的感情，是出於懷舊，還是一種投射？當年的安妮，有點像他認識的柯純；而今天長大了的柯純，又有點像當年的安妮，那個爲愛情而鄙視世俗與道德的安妮。

他發動車子的引擎，高速離開了年少的那段回憶。也許，他實在太自私了，他哪有時間去付出？他撥通了柯純的電話號碼，卻又把電話關掉。

車子駛過拐彎處的時候，他嗅到了糖炒栗子的味道。一個小販在清冷的長街上賣糖炒栗子。他想起安妮，想起柯純，想起栗子香的季節。

09

重逢

這一刻，她心中突然有了不一樣的調子。
她所有心思都忽然飄到他身上，
原本孤寂的旅途變成了遙想無限的時光。

1

窗外，一抹微弱的曙色開始驅散地平線上的暗影，徐可穗爬起床，擰亮了床邊的一盞小燈。她走下床，把一個行李箱拿到床上打開，然後走進衣帽間，挑了一些衣服，扔進箱子裡。她要飛去佛羅倫斯，媽媽約了她在那邊見面，媽媽在佛羅倫斯有個演奏會。

她突然對這種母女相聚的方式感到說不出的厭倦。每年一度，在某個城市相見，這哪裡像一種家庭生活？她不過是媽媽其中一個小型演奏會，媽媽依然是小提琴家，她是觀眾，末了還得爲媽媽的精彩演出激動地鼓掌。

從小到大，她幾乎總是一個人在半夜裡或早上醒來，孤伶伶地拖著行李箱在每個城市之間流浪。家庭，對她來說是個多麼陌生而淒涼的字眼。

她把一些日用品放在箱子裡。這個時候，吉吉在地毯上緩緩醒過來，走到她腳邊，像一團泥膠，軟趴趴的黏在她腳背上。這頭鬈毛小狗已經很老了，步履蹣跚，牙齒早就掉光。徐可穗把牠抱在懷裡，吻了吻牠，把牠放在行李箱旁邊。

『對啊！我又要出門了！這次是去佛羅倫斯。』她對吉吉說。

青青子衿‧悠悠我心

【台灣藝術大學教育學程副教授】陳嘉成◎文

認識子衿是我在華梵大學執教，她剛考進教育學程的第一門課。在踏進教室前我發現門口有一雙枴杖，於是我進入教室時環顧四周，看看到底有哪個學生受傷。當時我看到有一位平時喜歡耍寶的男同學，膝蓋上纏繞了一團紗布，我不禁笑出：『不會吧，這也需要拿枴杖？』當時氣氛有點冷，我心想大概是因為剛開學，所以同學還不適應老師的玩笑吧！後來我當然知道，那雙枴杖是誰的了！那種感覺，就像有次我拍著同事肩膀說：『唷！留起鬍子啦，很性格哦！』後來才知道他適逢喪父之痛時，一樣的尷尬！

我也終於瞭解為什麼子衿在上完那一門課，還是坐在椅子上沒有離開……應該是為了維護我這個老師的一絲絲尊嚴吧！她的體貼與設身處地為他人著想的特質，也讓我感到溫暖與不捨。這麼一個善良與堅強的孩子，竟然要經歷這樣的折磨！

真實生命的故事，總不若童話一般有著完美的結局。每次知道子衿病情的轉變，其實總掩不住內心的膽顫心驚，我也不禁問自己：明天真的會更好嗎？然而在電話的那頭，子衿總是『適時』傳來爽朗的笑聲；那樣的若無其事，或許是來自於她不忍讓別人擔心，或許是來自她對生命的豁達。就像她在04fun網站中提到：『難過也是一天，快樂也是一天！她永遠選擇以快樂迎向每一天。』雖然懷特說她是『不理會太陽的向日葵』，我說，其實那是因為她就是照亮別人的小太陽啊！

如果癌症是上天讓我們體會生命的『恩寵』，那麼從中學習是需要很大的『勇氣』。我想，走上絕路的人，或許真的有一些難以捱過的關卡，但是選擇『自殺』又何曾解決了什麼事呢？或許選擇放棄，是因為我們已經擁有太多了！子衿去年底開刀，學校在短短幾天號召一百二十人捐血給子衿，他們還相約要一起做子衿的後盾；她的故事在無遠弗屆的網路上感動了許多人，我也知道有一些老師將她不向命運低頭的經歷，當成生命教育的教材。心理學家告訴我們，希望孩子尊重生命，就先讓他們尊重別人的生命。生命是什麼？我想子衿在這一本書做了最好註解！

美麗的勇氣

【名作家】**鄭華娟**◎文

子矜和我是網友，我只在網路上見過她。

耶誕節她會自拍頭戴耶誕老人帽子的快樂祝福照片傳過來，也會在出去旅行後，製作一本電子相簿跟網友分享她的旅程。每張照片中的她總是笑嘻嘻的，她專心享受美食、美景，我對她這可愛健康的心態十分著迷。記得她第一次到我的網頁留言，說她喜歡我的文字書寫，但當我到了她的網頁留言之後，我卻成了她故事的讀者。剛開始我根本感覺不出來她生著這麼重的病，我們甚至開上醫院的笑話，想出如何可以在開刀時搞笑，搗醫生的亂。直到有一天，她說自己肚子好多次開刀的疤痕，拿台北的捷運地圖來對照，她發現那些刀疤的劃痕：『有點像木柵線ㄟ！』她還在打完這幾個字後，貼上了一個笑臉。

我的心沉下去，明白她已經可以跳離開來看自己，這時我才真正意識到她病得有多重，可是她自己卻從未提過。聰明的她可以把痛的感覺回答得精準又深刻，讓人聽了身歷其境。比如她說最近不能躺，躺下是為了睡覺，但是下半身那麼痛：『只要躺下，就感覺自己像條煎魚……』

她形容身體的痛，讓人聽了馬上被抓住，哇，那種煎熬，一定不是普通的痛！可是她卻不再多說，話題隨即淡然轉離。雖然你已知道她痛到不能躺、不能睡，子矜卻不是想用痛苦來大作文章的人。我在數次子矜對痛的形容中，具體的看她的勇敢，在她的忍耐力之前，怕痛的我，一次又一次的變得渺小。

子矜的書要出版了，竟然要找我寫序。這讓我很驚訝，不過當我問她原因時，說因為我的書她總帶著去醫院，開完刀後邊看邊笑！我聽了覺得很可愛，我字竟能跟止痛劑排在一起，在她身上同時發生效用，多麼榮幸！

管你是否有病痛，或是你覺得病痛尚與你無關無涉，我們都不該忽略子矜的書中每回當她寫道她照理該哭卻沒有哭的段落時，那裡頭充滿著我們每一在試圖擁有的勇氣，她把堅強放在最軟弱的時刻，於是她找到了不放棄的我覺得子矜美麗的勇氣，在書中每頁裡綻放，如同一朵在黑暗中也奮力盛日葵，教我十分感動！

踢翻你——做到了！

【網路工程師】**懷特**◎文

去年10月23號的一個晚上，一位現在人在美國的朋友Penny轉寄來一封標題是〈全新的開始〉的e-mail，好奇心驅使下打開了這封e-mail，想不到這一個小動作後來就變成認識踢翻你的契機，e-mail裡面用非常普通非常平靜幽默的口吻述說著從醫院檢查回來的心情，但是可以看得出來是，她越是用平靜幽默的方式寫越是看得出她內心的難受以及煎熬。在愣了幾分鐘之後，我決定寫信問這位朋友e-mail的可信度有多高，確定這是真人真事之後，我決定幫這位從未謀面的踢翻你建立一個討論區，讓大家知道這一位小女生的故事，讓大家能夠幫她加加油打打氣，然後利用我發的幾個電子報幫這位小踢踢宣傳一下。出乎我意料之外的是，這個名為『不向太陽低頭的向日葵』討論區，居然在很短的時間內，創下三萬多人的點閱總數。

有了這討論區之後，小踢踢好像重新找到全新的舞台一樣，寫寫文章，寫心情感言，她的目的其實很簡單，就是想把簡單的快樂傳染給大家，讓大家知道人生就是這麼一回事，有平順、有崎嶇不平，而我們應該是歡喜擁有的，而不是去抱怨沒有的東西。我想關於這點她是做到了，而且做得非常的好。她就像一個快樂的磁鐵一般將來訪o4fun的訪客統統的吸引到她的討論區上面。很難相信她是必須要接受一次次化療，一次次的打擊，還能高高興興的跟大家聊天，幫生日的網友錄製專屬生日快樂歌，貼心的幫失戀的朋友做做小卡片。這在我們所謂健康的人有時候都不能做到的小事，踢翻你卻一一做到了。而她唯一要求的回報是，你要把她當作普通人！她跟我們一樣，有一顆淘氣的心，她也像一般女孩子喜歡逛逛街聊流行服飾，她更喜歡到KTV好好高歌一曲，跟朋友瘋整個晚上。很普通吧？這就是踢翻你，跟我們一樣是普通人，只不過她擁有一個不普通的人生。

小踢踢，請繼續加油，踢翻人生不變的定律，踢翻冷冷的人際藩籬，妳在書末寫著：『我是子衿，也叫踢翻你（ Tiffany ），我很愛我自己，你呢？』我知道妳想鼓勵大家正視生命中的一切磨難，踢翻你都做得到，你們也一定可以的。祝福妳，踢翻你。

先讀為快——不理會太陽的向日葵

全新的開始

大家好啊！我回來啦，經過了10天的住院，沒有機會跟大家問候，這幾天大家好不好啊？這次手術切除了肝臟的左葉，留下了30公分、L型的疤痕，聽説Lexus的車不錯，但我也不差，累積到現在早就超過百萬身價了喔！

切除的肝臟經化驗後，證實為『膽管癌』，所以我又多了一個癌症，又多了一張重大傷病卡，不知道收集到兩張可以向健保局兑換什麼獎品？嘿嘿～嘿嘿。

生命真是無常的一件事，我相信大家一定都有很多煩惱，工作上的、學業上的、愛情、婚姻……等等，而我最大的煩惱就是健康，因為我失去了健康，卻同時免除了工作、學業、愛情、婚姻等困擾。因為我不能上班、不能上學、愛我的人走了、沒人愛也不用煩惱結婚，你問我難過嗎？廢話～～我希望這一切都是一場夢！

希望醒來以後，我是一個忙碌的實習老師，每天被學生折磨得團團轉，被主任罵、被別的老師欺負仍然高興的笑呵呵。我希望醒來以後，我有一雙飛毛腿，可以嘗試與風追逐的滋味。

當然，人生不是一場夢，我知道，我很多的夢想並不會有實現的一天，在血淚交織中，我努力的爬起來，用力以我微小的力量，讓我的生命發光發熱。我的氣色好得了，紅光滿面的，看起來實在不像癌症病人，更不時得了兩種癌症的病人，整天笑咪咪的，用我的美友誼，不要懷疑，尼姑也有美麗的，阿彌陀佛～嘻

也許你正在為了一些事情煩惱，但願，在分享後，能更加珍惜你所擁有的一切！

愛你你

【編輯手記】

與生命奮戰，永遠做個不理會太陽的向日葵！

有一種人，她就是會抓住你的眼光，讓人不由自主的跟著她哭、跟著她笑，子衿就是這樣的。認識子衿（綽號『踢翻你』Tiffany）是因為她的文章，平平淡淡中卻是這麼令人心疼，當我知道她『在一年之中，失去了教師實習的機會、失去了右骨盆、失去了走路的能力，得了第一個癌症，開始接受令人難受、作嘔的化療。接著失去了肝的左葉，得到了第二個治癒率更低的癌症……』我幾乎哽咽的無法在編輯會議上把要報告的事情說完，而同事更是滴下了眼淚。

但是，和子衿通信的我，卻絲毫感受不到她的難過、痛苦，不論是討論新書的編排型式，或是要放進哪一張照片，子衿的回應都是這麼歡樂，讓人難以想像她正在跟癌症搏鬥！當我說要將她的照片集做成大頭貼時，子衿更是直接將她的快樂毫不保留的呈現出來：『YEAH～好啊好啊！聽起來好有趣喔！我會再努力找東西給妳喔！敬請期待。呵呵呵呵～開心的踢翻你』

雖然被醫生宣告可能活不過30歲，但是在《不理會太陽的向日葵》書裡，你不會看到自怨自艾的『踢翻你』，只有樂得翻天、調皮卻又貼心的『踢翻你』，即使是在手術大失血而陷入昏迷的危急時刻，踢翻你只覺得自己是被外星人綁架了，但是對120人捐血30000C.C.而搶救回生命的踢翻你來說，她覺得自己身上有了120人的熱血，她更應該活出120倍的熱力！所以罹患兩個癌症的踢翻你，成了醫院裡的『關心小天使』，反而時時去安慰別人，發揮生命的能量！

已經很久沒有這麼感動了，在編輯踢翻你的《不理會太陽的向日葵》時，我時而流淚、時而會心微笑，但更重要的是感受到踢翻你的生命熱力，而我總是不斷的想起踢翻你所說的：『誰不是高高低低、起起伏伏呢？如果在低潮的時候就想要放棄生命，那後面高潮的快樂也就享受不到了！』

【主編的話】

『不理會太陽的向日葵』的由來

雖然我是第一個找子衿出書的人，但一開始並沒有把握她會和我們合作。

直到我們終於約在西門町的麻布茶房碰面，我才有走進日劇『美麗人生』的感覺。『你的氣色怎麼這麼好？你出門都有化妝厚～』記得我第一句話是打從心底脫口而出的。

在閒談時，她在網路上流傳的『全新的開始』那篇文章中的一段話：『我最大的煩惱就是健康，因為我失去了健康，卻同時免除了工作、學業、愛情、婚姻等困擾。因為我不能上班、不能上學、愛我的人走了……』讓我對她的愛情故事『相當期待』，真希望她能像常盤貴子一樣，有機會說出：『柊二，從100公分看的世界真的很美麗！』這樣的話。

即使樂觀開朗如子衿，其實也有無語問蒼天的時候，一開始她會自問自答：『生病之後，我經常問上帝，為什麼是我？』、『但又為什麼是別人呢？』

這句話在我心中迴盪，每每遇到問題時浮現出腦海。然後我發現不管任何人都一樣，『我不指望有人能感受分擔我的痛苦，但希望有人願意理解我的痛苦。』

據說不理會太陽的向日葵的由來是這樣的：『通常我們看到向日葵總是迎著太陽而轉動方向，太陽到哪裡似乎向日葵就注定要迎向哪裡。有一天，懷特在新加坡機場候機室的戶外吸煙室，看到滿滿的向日葵卻有幾朵沒有向著太陽，懷特那時候覺得很有趣，就將她們拍了下來，總覺得這幾株向日葵不想向命運低頭，覺得生命不應該就是跟著每日的軌跡走，但是她們卻依然如此美麗熱情的綻放著……而後因緣際會知道了子衿的事情，懷特突然覺得這女孩不就是活生生的「不理會太陽的向日葵」的化身嗎？』

在人生中，我們有多少時刻可以像不理會太陽軌跡的向日葵般，兀自快樂恣意的生長著呢？我相信這種樂觀的信念是需要學習的，而這也是子衿教會我的。

牠好像聽得懂似的，依依不捨地望著她。

『我知道你很想去。可是，我也沒辦法！我不在身邊的時候，你要好好照顧自己啊！你要知道，你已經不年輕了。以狗的年齡來計算，你是「狗瑞」啦！嗯，我知道你會想念我，我也會想念你。不要羨慕我可以到處去，我不知道多麼希望能像你，啃一條骨頭就心滿意足。你明白嗎？用兩條腿走路的，都是不容易滿足的動物。』她看了看吉吉，牠用那雙深褐色的眼睛可憐巴巴地望著她。

『笨蛋！我說的是人類！』她說。

她把行李箱合上，掃了掃吉吉背上的毛，又吻了吻牠，說：

『我走啦！不用送了。』

她拖著沉甸甸的行李走出房間。多少年了，她常常這樣跟吉吉說話，彷彿牠是個人似的。可是，就在今天，她回頭望的時候，發覺吉吉站在床邊顫巍巍的，已經無力跳下床去跟在主人身後。牠已經老得不像話了。她放下行李，走到床邊，把吉吉脖子上的金牌解下來，隨便丟在一把椅子裡。

2

上機前她在機場的書店看書，書架旁邊立著一個男人，揹著個大背包，全神貫注地低頭看書。她覺得這個人很面熟，一時之間卻想不起是誰。她一邊翻雜誌一邊偷偷看他。那個男人發覺自己被人偷偷注視，不期然抬起頭來。

『你是不是榮寶？』她突然想起來了。

『你是——』

『我是徐可穗，記得我嗎？』

榮寶認出她來，說：

『很久沒見啊！』

『你去哪裡？』

『我去澳洲潛水，你呢？』

『佛羅倫斯。』

『喔，那是個很漂亮的城市，我幾年前去過。』

『我已經第三次去了。』

『有些地方，一輩子可以去很多次的。』

『我前天晚上才剛剛見過以前兒童合唱團的同學。』徐可穗說。

『是嗎？』榮寶很好奇。

『是葉念菁的生日會，你記得是誰嗎？小時候很胖的，架著一副大近視眼鏡。』

『我記得。』

『她變瘦了，變漂亮了。』

『還有些甚麼人？』

『喔，孟頌恩啦！林希儀啦！柯純啦！』

聽到柯純的名字時，他臉上有了微妙的變化，接著問：

『秦子魯呢？』

『他沒來，可能太忙了。他現在是歌星，你大概知道吧？』

『嗯。』他點了點頭，又問：『你們都好嗎？』

『每個人看上去都不錯。』她無意中提起了柯純，『柯純以前不是像個男孩子的嗎？現在像個女孩子了。』

榮寶若有所思地微笑。

『以後怎麼聯絡你？』她問。

他們交換了電話號碼，又拉雜地談了一些事情。她本來帶著一種憂鬱的情緒出門的，可是，這一刻，她望著機艙外面蔚藍色的天空，心中突然有了不一樣的調子。榮寶小時候是個毫不起眼的男生，他有一雙單眼皮，瘦骨伶仃，在團裡是個極其平凡的人物，沒想到一下子長得那麼高大魁梧，連那雙本來是缺點的單眼皮都變得迷人起來。她所有心思都忽然飄到他身上，原本孤寂的旅途變成了遙想無限的時光。

3

她本來懷著極好的心情和媽媽見面。當她們在一家餐廳裡啖著著名的佛羅倫斯小牛排時，沈凱旋看了看眼前這個已經長大的女兒，說：

『你長得不像我，你像你爸爸。』

『我已經忘記了他的樣子。』她賭氣地說。

『如果像我，你會漂亮許多。』沈凱旋說。

『你知不知道你這樣會傷害我的自尊心？』她沒好氣地說。

『自尊不是建立在外表上的。』她啜飲了一口紅酒，說。

『你以為男人會把女人的靈魂和肉體分開嗎？我可不可以跟他說，我的肉體不漂亮，但我有一個非常漂亮的靈魂！你來愛我吧！』

『肉體無法美化靈魂，但靈魂可以美化肉體。』

『你現在吃的，是這條牛的靈魂還是肉體？』她頂回去。

沈凱旋笑了：『如果牠有靈魂，便不用給我吃。』然後，她說：『可穗，你是個有靈魂的孩子。』

『我應該感謝你賜給我靈魂嗎？』用嘲笑的語調，她說。

『愛上你靈魂的那個男人，也會愛上你的肉體，靈魂和身體是一支協奏曲。』

『別又跟我談你的音樂了！』她不耐煩地說。

沈凱旋反倒像愈說愈有興致，沒理她女兒想不想聽，她繼續說：

『當一根小提琴的琴弦被撥動時，便能引起同一個房間裡所有弦樂器的共振，即使這個振動微弱到肉耳根本聽不見。但是，最敏感的人都能夠感受到這種共振。當靈魂那根弦被撥動了，身體和愛都會共振。』

『你了解你的小提琴比我多！』她訕訕地說。

沈凱旋聳聳肩，笑了一下，似乎並不同意她的話。

4

窗外的燈一盞盞熄掉了，徐可穗擰亮了床邊的燈，打了一通電話回去給吉吉，雖然牠沒作聲，她知道牠在那一頭聽著。她學著沈凱旋的語氣說：

『吉吉，你是個有靈魂的孩子！』

她掛上電話，擰熄了燈，滑入睡眠裡。這些年來，她和媽媽的對話總是那麼針鋒相對。她毫不留情地頂撞媽媽，可是，媽媽從來不生氣。如果她會生氣，那還好一點，起碼證明她們是兩母女。但她不生氣，就像個朋友似的，是隔了一重的。

5

第二天，她在烏菲茲美術館附近買了一盞小小的吊燈，燈罩是波提切利名作『春天』裡一個長著翅膀的胖胖小天使。她提著燈，穿過佛羅倫斯的暮色回到酒店房間，插上插頭，擰亮那盞燈。她爲它想到了一個落腳地。

回來後第二天，她打了一通電話給榮寶，很輕鬆的說帶了一些禮物給他。

到了酒吧，她看到榮寶喝π水❷，她也湊興要了一瓶。

『送給你的。』她把一個盒子放在他面前。

『喔，謝謝你。』

『你不看看是甚麼東西嗎？』

『喔，是的。』榮寶打開盒子，看到那盞燈，客氣地說：

『很漂亮，謝謝你。我都沒帶甚麼禮物給你。』

『算了吧！你去潛水，會有甚麼禮物！總不成帶一條魚回來吧。』

『我眞的帶了一條魚回來。我和隊友在海底打了一條石斑魚，有好幾公斤重，每人分了一些，我那一份放在冰箱裡，還沒吃完。』

『那你甚麼時候請我到你家裡吃魚？』她問。

6

這天傍晚，窗外月光朦朧，徐可穗亮起了房間裡所有的燈，她在衣帽間進進出出，忙著挑衣服，吉吉懶洋洋地看著牠春心蕩漾的主人。最後，徐可穗揀了一條牛

❷ π水：能量水的一種，水中去除了雜質，富含礦物質，有助於人體新陳代謝。

仔褲和一件薄薄的黑色套頭毛衣。她喜歡這種刻意的低調。她的胸部平坦，所以從來不穿胸罩，這樣反而有一種她自己覺得的率性。

臨去之前，她蹲在吉吉面前，說：

『吉吉，你會愛上我嗎？』

吉吉搖了搖尾巴。

『我知道你會的。』她掃掃牠背上的毛，嘆了口氣，說：『可惜你不是人。』房裡的燈一直亮著，她拎了個小皮包出去，回頭跟吉吉說：

『不用送了，祝我好運吧！』

榮寶開一輛墨綠色的越野車來接她。車子穿過熠熠閃光的城市，朝郊外駛去。榮寶住在郊區，那是一間布置得很雅致的單身男人公寓。這個晚上，他煮了好幾道菜，除了蒸魚之外，其他都是有機食物：有機豆湯、有機番茄和有機雞。雖然有些奇怪，但徐可穗把這一切都往好的方面想。一個追求有機生活的男人，也應該是嚮往靈魂的。

飯後，他們走出陽台，陽台外面，是個沙灘，站在那裡，可以聽到夜裡的海浪聲。

『吉吉看見一定會喜歡的，牠可以在沙灘上跑步。』

『誰是吉吉?』

『我妹妹，不過我們的血緣是不一樣的。』

『不一樣?』

徐可穗淘氣地笑了，說：

『牠是我養的小狗，十幾年了，牠叫徐吉吉。』

榮寶咯咯地笑了。

『那盞燈呢?你放在哪裡?』她問。

『在客廳。』

她抬頭看到陽台上隨意的吊了個燈泡，於是說：

『那盞燈吊在這裡不是很好嗎?』

『喔，是的。』

榮寶去拿了一把梯子來，把那盞天使燈吊在陽台上。燈亮了，輕搖在風中，流洩出來的溫柔，照亮了重聚的時光。他們都長大了。她看著靠在她身邊的這個男人的側面，突然對他感到一股傾慕之情。有生以來，還是頭一次，有一個男人為她下廚。

榮寶轉臉過來的時候，她的眼睛連忙瞥向遠方，不至於讓自己看起來太渴望愛。然後，在適當的時候，她提出要回家去了。她總是很會在適當的時候離開，那便不會被拒絕和嫌棄。

走出那棟公寓時，她看到隔壁一棟公寓的門上掛著個招租的木牌，上面有個電話號碼。

『這裡沒人住嗎？』她問。

『空很久了，這一帶的交通不方便。』

『太可惜了！』她看到那棟公寓前面的草地已經荒蕪了，只有一盞高高的路燈孤單地亮著。

第二天，她按著那個電話號碼打去，房子還沒租出，於是，她很快成爲了那間公寓的主人。

當她告訴榮寶時，他驚訝地問：

『你不是住在山頂的嗎？』

『我喜歡那個海灘，以後可以帶吉吉去跑步；喔，不，牠現在只能散步了，牠太子。』

老啦！』然後，她又很巧妙地埋怨榮寶說：『都是你不好，讓我看到這麼漂亮的房

三個星期之後，她開著她那輛黑色小跑車，吉吉蹲在她旁邊，一人一狗朝著新家駛去。她名正言順地住在榮寶隔壁。

搬進去的那個晚上，她在陽台掛了一盞燈，這盞燈是她在羅馬買的，像個酒瓶，不過是沒底的，燈泡就吊在瓶裡。

她擰亮了燈，抱著吉吉立在陽台上，她的陽台跟榮寶的陽台並排，望過去就可以看到他了。

榮寶走出陽台，靠在欄杆上，說：

『有甚麼要幫忙嗎？我會修水龍頭和電器的。』

她朝他微笑：

『你以後多請我吃飯便好了！』

她把一串鑰匙拋過去，說：

『萬一我忘記帶鑰匙，也不用爬上來。』

那個晚上，她抱著吉吉窩在床上。想到她喜歡的男人只是咫尺之遙，她站起

來，一動不動地凝視鏡中的自己。她眞的不像她媽媽嗎？噢，她誰也不要像，她像她自己。

電話響了起來，是阿姨打來的。

『有個人想見你。』

『誰？』她奇怪地問。

『你爸爸。』

『他十幾年都沒見過我了，找我幹甚麼？』她的聲音微微顫抖。

『他好歹是你爸爸，去見見他吧！』

阿姨在那頭淨幫爸爸說好話。她一向是站在爸爸那邊的，她姐姐太出色了，做妹妹的黯然無光。她巴不得嫁給徐可穗的爸爸，只是，徐元浩並沒有愛上她。

徐可穗答應了去見他。床頭的那盞燈擰亮了又擰熄了。她恨他嗎？她是恨他的，可是，曾幾何時，她有點想念這個把她生下來的男人。徐元浩是個富家子，繼承了家裡的大批產業。

『不過，他倒是個很有學問的富家子。』沈凱旋常常這樣說。她總是努力要證明自己的品味優秀。

徐元浩和沈凱旋在巴黎認識，徐可穗九歲那一年，他們離婚了。

7

徐元浩的頭髮都差不多禿掉了，已經是個老男人。她坐在他面前，臉上沒甚麼表情。

『你長得像你媽媽，很漂亮。像她便好了，像我便糟糕。』徐元浩說。

『她也是這樣說。』她冷冷地說。

徐元浩臉上閃過一抹難堪，說：

『時間過得眞快，你都長這麼高了。』

『你說的是你的時間還是我的時間？我的時間實在太漫長了。』她盡量不帶半點感情地說，彷彿坐在她面前的是個陌生人。

然而，無論怎樣假裝無情，一種淒然的感覺還是從她心底湧起。既然他以前不要她，現在又爲甚麼來找她？她太了解這種男人了，他們自由自在生活了幾十年之後，忽然記起自己是個爸爸，而且好像還沒盡過做父親的責任，於是想做一點甚麼來彌補自己的過失，讓良心好過一點。

她看著這個老去的男人，生他的氣，也生自己的氣。她曾經多麼崇拜爸爸，多麼渴求他的關注！時光已經無可贖回地喪失，多少年了，她一個人孤伶伶地住在那幢大屋裡，渴望一個慈愛的懷抱時，那個懷抱卻棄絕了她。她變成一個情感結巴的人，總是錯愛一些男人，總是害怕她愛的人會離開。

她望著徐元浩，爲他的無情而心裡發酸，再也不肯說一句話。

8

清冽的目光到處浮著，她開著那輛跑車，高速地朝郊區駛去。半路上，一輛車追上來，跟她並排，那是榮寶的越野車。

『你幹嘛開這麼快？很危險的！』他調低車窗向她喊叫。

她沒停車，繼續加速飛馳，把他甩在後面。

車子快得好像飄了起來，她在後視鏡裡看到榮寶一直尾隨著她，生怕她出了意外似的。

車子穿過浩大而高遠的寒夜，停在公寓外面，她關掉引擎，呆呆地坐在駕駛座上。榮寶的車駛來了，他匆匆走下車，走到她的車子旁邊，緊張地問她：

『你沒事吧？』

她兩條腿不停地發抖，牙齒在打顫。他打開車門，把她拉出來，雙手扶著她。

她像失落了靈魂似的，投向面前那個懷抱。

那盞路燈高高地亮著，照亮著兩個老去的孩子，也照亮了多少成長的苦澀。

07

明信片

他從來就沒有給她時間，

以前沒有，以後也沒有。

她以前沒機會向他撒嬌，

以後也再沒機會原諒他……

1

『今天晚上，他攬著我呢！我是說榮寶啊！可惜你看不見。』徐可穗抱著吉吉在床上，說：『但是，他沒有吻我啊！他像攬著個朋友那樣攬著我，叫我不要哭，根本沒把我看作是女孩子。』

她望著窗外，大海的那邊有一豆亮光，也許是一艘夜航船吧。這是個奇異的晚上，天堂和地獄同時降臨了，先是她爸爸，然後是榮寶，一個男人令她哭，另一個令她笑。

她總覺得榮寶心裡有個人。她不知道那個人是誰，只是大概猜到那人和榮寶的感情是不穩定的，也許還未開始，也許已經結束。一個戀愛中的男人，不會有榮寶那種落寞的神情。

『這起碼是個開始！』她朝吉吉說。

早晨的微光驅散了長夜的黑暗，她爬起床，洗了個澡，換了衣服，帶吉吉到海灘去散步。這是個不能游泳的海灘，水太深了，浪也很大。自從搬來這裡之後，她喜歡每天早上帶著吉吉散步，因爲榮寶每天這個時候也會在海灘上跑步。她和吉吉散步的速度自然趕不上榮寶的步伐，那便可以看著他在她身邊來來回回了。她喜歡這種感覺，就像這個男人在她心靈的鏡頭裡走過去之後又退回來，這中間就有了一種期待。

這天，榮寶在她身旁走過的時候，她說：

『昨天晚上謝謝你！』

『你以後開車別再開那麼快，很危險的！』他說。

『你很煩呢！』

然後，她問：『我可以怎樣報答你呢？』

『用不著報答的。』

『我請你吃早餐吧！』

『今天不行啊！我今天要去農場。』

『農場？』

『是個有機農場，我種了一些南瓜，今天正好收成。』

『我也想去看看。』

『好啊！』

『開你的車還是我的車？』

他笑了：『我的比較安全。』

那個農場就在附近，榮寶種的南瓜已經長得夠大了。

『可惜萬聖節已經過了，不然，可以用來做南瓜燈籠。』她說。

『是用來吃的。』

『你吃的東西也眞奇怪。』她一邊摘南瓜一邊說。

『奇怪？』他接過徐可穗摘下來的南瓜，放進身邊的竹簍裡。

『我是說你吃的，還有你的生活非常健康，像個三十歲以上的人，一點也不像你的年紀。』

『小時候我家有一片農地，媽媽喜歡種植，我們吃甚麼便種甚麼。吃完西瓜便用西瓜籽再種西瓜，吃完檸檬又種檸檬，媽媽還會種玫瑰，她種的紅玫瑰特別大，特別漂亮。』

『我媽媽甚麼也不會種。』她說。

『但她會拉小提琴，這不是每個媽媽都做得到的。』

『我們並沒有選擇自己的父母，也沒有選擇自己的樣子。』她從來就不喜歡自己的外表。

『你懷念你媽媽嗎？』她接著問。

『種菜的時候，我會想起她。』他說。

『你每個禮拜都來嗎？』

『嗯。』

『那麼，我下星期也要來，我一直想種冬瓜！我喜歡吃冬瓜盅！』

『下星期我不能來，我跟幾個朋友到東京玩。』

『是嗎？喔！我正想去東京呢！你甚麼時候出發？』

『星期五。』

『你住哪間酒店？到了東京，如果有時間的話，我或者可以找你。』

第二天，她連忙訂了去東京的機票和旅館，就是榮寶住的那一間。她有個非常漂亮的理由去東京。她一直夢想開一家精品店，既賣家具也賣衣服、精品、雜誌和書，全都是她從世界各地搜羅回來的品味。她可以去東京看看有甚麼好東西。

榮寶完全相信了她。

『你找到店面了沒有？』他問。

她喜歡榮寶常去的那家酒吧一帶，接近鬧市，又自成一角，附近都是些有品味的店。而且，在那裡開店，可以常常見到榮寶。她就是這樣一個人，一旦喜歡一個男人，她會投入到連自己都吃驚的地步。如果對方對她無動於衷，她會鍥而不捨。當對方愛上了她，她反而會退縮。

她從來就不相信自己值得被愛。

可是，榮寶是不一樣的，她希望這一次不會再退縮。

隔天，她送了一本書給榮寶。

『我買了兩本。』她說。

榮寶看了看，那是一本旅遊書，書名叫《愛戀東京手冊》。

『裡面的資料很豐富，我想，你會用得著的。』

榮寶星期五出發，她訂了下星期一的機票。

行李箱攤在床上，吉吉趴在床邊。

『我又要出門啦！你要暫時回大屋去了。』她說。

吉吉依依不捨地望著牠的主人，彷彿知道又是離別的時候。牠跟別的狗兒不同，十幾年來，牠沒有離別焦慮症，因爲離別在牠和徐可穗之間不過是一種過生活的方式。

『你猜在東京會發生甚麼事呢？』她咬咬手指頭，問吉吉，說：『兩個人單獨在外面，眞的很難說！』

2

她滿懷希望的來到東京，抵達旅館之後，她先問問櫃台榮寶住幾號房，然後要求同一層樓的房間。

夜裡，榮寶回來之後，打了一通電話到她房間。

『眞巧！我們住在同一層。』她說。

『就是啊！』他的聲音聽起來很累。

她等他已經幾個鐘頭了，本來很想約他出去吃碗麵或是甚麼的，此刻卻識趣地說：

『坐了大半天的飛機，我累壞了，你明天有時間嗎？我們可以一起出去逛逛。』

榮寶爽快地答應了。

在香港的時候，她就住在榮寶的隔壁，現在和榮寶，是同一層樓，相隔了十幾個房間，距離比起在香港好像遙遠一些，然而，這個距離又比在香港更令她心跳得快。她想像在十幾個房間之外的那個男人，也許還沒睡，也許和她想著同樣的事情。異鄉的晚上，她被一種戀愛的渴望擁抱著。

她懷著這樣的甜夢滑入了睡眠。

第二天上午，她和榮寶已經在吉祥寺了。

榮寶的幾個朋友，飛了去沖繩潛水，只有榮寶一個人不知道爲了甚麼原因留在東京。起初她以爲榮寶是爲了她而留下，漸漸她發覺榮寶似乎是在東京找一個人，找一個他自己也不知道會不會出現的人。

她在路上無意中發現了一家專賣明信片的店，名叫『Billboard』，裡面有六千種以上的明信片，她挑了一大疊。

『放在我的店裡賣也不錯。』她說。

『除了小時候外國筆友寄來的明信片，我已經很久沒收過明信片了。』他說。

『我媽媽有時會寄給我的。』

『其實她很好啊！』

『她是個很出色的音樂家，但不是個出色的媽媽。』

後來，他們又去了代官山。她在《愛戀東京手冊》上知道有家『Petit Loup』的毛毛熊專賣店，客人可以訂購『個人專屬毛毛熊』，熊身上可以縫上紀念的年、月、日及個人姓名，並附上製作證明書，但要兩星期才做好。

『我可能不會待在東京兩個星期，寄回去，我又怕寄失。你呢？你打算甚麼時候回去？』徐可穗說。

『我還沒決定。』

『你在東京是不是要等甚麼人？』終於，她問。

『沒有啦！』他聳聳肩。

她壓根兒不相信。對方一定是個女的，才會那樣盤踞在一個男人的心頭。她突然覺得難過，充滿想擁有他的嫉妒和憂愁。

『你到時候可以幫我拿我的毛毛熊嗎？』她問。

『當然可以。』

她挑了一隻黑色的毛毛熊，熊背上縫上這一天的日期。

夜裡，他們在新宿一家居酒屋吃飯。榮寶點了一瓶清酒。

『你不是只喝π水的嗎？喝酒不健康的。』

『旅行的時候，有些事情可以例外。』他笑笑，啜飲了一口清酒。

『開店的事，進行得怎麼樣？』他問。

『正在找店面，你有沒有辦法？』

『你想找哪一區？』

『就是你帶我去的那家酒吧附近，但我沒看見有空置的店面。』

『我幫你想想辦法吧。』他滿有把握地說。

『那就拜託你了。你可有興趣跟我合作？』

『我？』

『對啊！我一個人一定應付不來。你的品味也不錯呀！雖然沒我那麼好。』

他咯咯地笑了：『我想開健康食品店。』

『我的精品店也準備賣一些健康食品。就這樣決定吧。』

榮寶不知道怎樣推辭，她的夢想變成了他們兩個人的夢想。想到以後更可以朝夕相對，她陶醉地笑了。

『那我們要趕緊籌備了。』她說。

東京之行，變成了爲新店搜購貨品。五天之後，她離開了。她本來不急著回去，但她知道在適當的時候離開才會令人懷念。登上往機場的專車時，她跟榮寶說：

『記得幫我拿毛毛熊啊！』

他點了點頭。

她坐在前排，車子開走的時候，她跟他揮了揮手，便轉過臉去，她習慣不做揮手揮到最後的那個，她喜歡在別人的視線裡消失，而不是讓別人在她的視線裡消失。

只要榮寶記得幫她拿毛毛熊，那麼，無論他在東京待多久，也無論他心裡想著誰，她還是在他的記憶裡佔據了一個位置。

回來香港的那天，她先去接了吉吉。傭人說，阿姨找了她很多次，似乎是急事。

阿姨找她，說不定又是爸爸想見她，她才沒興趣理他們。

等到幾天後，她才懶洋洋打電話給阿姨。

『你爲甚麼現在才回電話？』阿姨沙啞著聲音說。

『到底有甚麼事？』

『你爸爸——』

她的心突然慌亂了起來，卻故作冷漠的問：

『他有甚麼事？』

『他過世了。』阿姨在電話那一頭嗚咽著說。

她愣住了。

『是癌症，已經發現一段時間了。』阿姨說。

她握著話筒，一句話也沒說，沒流過一滴眼淚。

不久之後，她收到律師的通知，徐元浩把所有遺產都留給她。

3

離開律師行的時候，她走在街上，只覺得內心一片荒涼。她是否太無情？她連一滴眼淚都擠不出來。

她終於明白徐元浩爲甚麼在十四年之後想見她，也終於明白那天的他爲甚麼那樣蒼老。她不應該向他發脾氣，那是父女最後一次見面。她以爲以後還有機會。徐元浩不是忽然記起自己是個爸爸，而是想在臨死前贖罪，但她沒容許他這樣做。她只是想看見他痛苦和內疚，惟有這樣，才可以補償她這十四年來失去的父愛。

九歲那年的中秋，徐元浩答應來接她。結果，她在合唱團的練習室外面等了又等，都見不到他，最後跟了孟頌恩回家。從此以後，她決定不要對爸爸有任何的想念，這種想念是注定會失望的。

爸爸眞的不愛她嗎？兒時，他總愛把她抱在膝頭上看書，一看就是幾小時。她喜歡看書，也是因爲爸爸。隔了十四年無法彌補的光陰，這一幕依然留在她童稚的記憶裡。

她連最後一個懺悔的機會都不肯給出來，她是個多麼殘忍的人！她不能原諒自己。

夜裡，她打了一通電話給遠在德國的媽媽。

『他不在了。』她說。

『誰？你說誰不在了？』

她終於說：『爸爸。』

她多久沒說過這兩個字了？

沈凱旋沉默了，兩母女就這樣隔著海角天涯悼念一個在她們生命中出現過，永不會在記憶裡消逝的男人。

他是個好人，只是並不適合當爸爸。他骨子裡是個浪子，她深深知道自己也有這種遺傳。

她太恨他了，他從來就沒有給她時間，以前沒有，以後也沒有。她以前沒機會向他撒嬌，以後也再沒機會原諒他。

4

隔天，榮寶回來了，帶著她的毛毛熊。他的樣子看上去很累。

『你看過信箱沒有？』她問。

『還沒有。』

她沒說話，她也很累。

『我回去啦。』榮寶說。

當天晚上回到酒店，她把其中一張在『Billboard』買的明信片寄回來香港給榮寶。那張明信片上面，是日本藝術家奈良美智所畫的大頭女孩，她向來覺得這個女孩有點像她自己，樣子古古怪怪的，看上去是個不快樂的人，卻有靈魂。她希望榮寶在回來香港的第一個晚上收到她從遠方寄回來的明信片，而她就在咫尺。

這一切現在都不重要了。她靠在陽台上，在一盞孤燈下。她把毛毛熊抱到心頭，縫在熊身上的日子，正是她爸爸離開的那一天。看到這個日子時，她終於哭了，明白這輩子再沒有機會叫一聲爸爸。

08

瞬間的愛情

無眠的夜裡，

她忽然懷戀在遊樂場外面的那個夜晚，

等一個男人回來的那種幸福。

愛情，有時候只是瞬間的感覺。

1

唱片店中央懸吊著一張秦子魯的巨型海報，是宣傳他的最新專輯的。柯純抬著頭，出神地凝望著海報上那個笑容迷人的秦子魯。她手上拿著的，是他的新唱片。她低下頭來的時候，發覺相距十幾步之外，一個男人微笑望著她。這個高個子、寬肩膀、穿藍色 Gore-tex 風衣和卡其色棉褲的男人，曬了一身陽光膚色，像個大男孩。他身邊站著一個約莫三歲的小男孩。

柯純連忙把唱片藏在身後。

『榮寶？』她認出他來。

男人走到她跟前，燦然地笑了：

『我們很久沒見啦！』

小男孩害羞地抱著男人的一條腿，好奇地望著柯純。

『叫姐姐。』榮寶掃了掃小男孩的頭。

這個跟榮寶同樣擁有單眼皮的小男孩乖乖地喊：『姐姐！』

『好可愛喔！』柯純摸了摸小男孩的臉蛋。

『你買了甚麼唱片？』榮寶問。

『喔，我隨便看看罷了。你呢？』

『我也是隨便逛逛。』

榮寶抬起頭，望著秦子魯的海報，說：

『沒想到他會當上歌手。』

柯純悄悄放下秦子魯的唱片。

榮寶忽然回過頭來，說：

『你有甚麼地方要去嗎？』

她搖了搖頭。

『我的車子就停在外面，去喝杯飲料好嗎？』

『好啊！』她說。

三個人走出唱片店，榮寶爬上一輛墨綠色的越野車，小男孩坐在後面。

『我要先送他回去他媽媽那裡。』榮寶一邊開車一邊說。

那小男孩依依不捨地低下頭。

柯純發現座位旁邊放著一本《哈利波特》第四集。她拿起來看看，雀躍地說：

『你也有看《哈利波特》嗎?』

『嗯!第一集我是一個通宵看完的,結果第二天要去看眼科醫生。』

『我本來也想看通宵的,但實在太睏了。你那本是不是精裝版?』

『不是啦!精裝版很難買到。』

『我那本本來是精裝版,不知怎地弄丟了,現在已經買不回來。』她說。

車子停在一幢公寓外面。榮寶打開車門,把男孩抱下來,說:

『早點睡覺,知道嗎?』

男孩點了點頭,逕自跑進公寓裡。過了一會兒,男孩已經站在二樓的陽台上,跟榮寶揮手道別。

『你離了婚嗎?』開車的時候,柯純問榮寶。

『離婚?』榮寶愣了愣。

『兒子跟著前妻。』

『兒子?』

『嗯!』

『他不是我兒子。』

『喔。』柯純尷尬地笑笑：『是外甥嗎？』

『他是我以前女朋友的兒子。』

『但他長得很像你啊！』

『就是啊！她最終還是嫁個單眼皮的男人，也許是想念我吧！』

車子停在一家酒吧外面，柯純跟著榮寶進去，酒吧裡人很擠，台上有一隊年輕的四人樂團在演唱。榮寶帶著柯純坐在吧台的高椅上。這個時候，有幾個人過來跟他打招呼，很熟絡似的。

『你常來嗎？』柯純問。

『嗯。我喜歡聽他們唱歌。』然後，他問柯純：『你要喝點甚麼？』

『血腥瑪麗。』

榮寶跟酒保要了杯血腥瑪麗，然後說：『把我的拿來。』

『你在這裡有存酒嗎？』柯純問。

『嗯。』

酒保調好了一杯血腥瑪麗放在柯純面前。拿給榮寶的，是一個玻璃杯和一瓶π水。

『π水？』柯純詫異地望著他。

榮寶喝了一口，說：『π水很有益的，可以排毒。』

『可是我從沒見過人在酒吧喝π水啊！這裡也賣π水的嗎？』

『是我放在這裡的。』

『看來你很有面子啊！』柯純在血腥瑪麗上不停灑上辣汁，然後一口喝下。頃刻間，她一張臉變得通紅，辣得雙手掩著嘴巴。

榮寶咯咯的笑了起來：『你的眉毛都好像飛起來了，你是這樣喝血腥瑪麗的嗎？』

『這樣才好喝！』

這個時候，樂團唱出了〈Concerto of Love〉。

『我們唱過這首歌的！那一年是去羅馬表演。我們還在特雷維許願池照過相呢！』

『我記得，那時你的頭髮很短，像個男孩子。』

『後來你爲甚麼突然不再來合唱團？』

『那時家裡發生了一點事。』

『那以後就沒有你的消息了，沒想到今天竟然會碰到你。』

『你跟其他人還有見面嗎？』

她低了低頭，說：

『很久沒聯絡了，長大之後，各有各的生活，大家都忙，跟以前是不一樣的啦！』

『除了頭髮，我覺得你跟以前沒兩樣。』

『我覺得你現在跟小時候好像有點不同。』

『我並沒有變成雙眼皮啊！』

『不是模樣兒，而是整個人有一點點不同，我說不出來，或許是眼神吧！』她再點了一杯血腥瑪麗，說：『你以前女朋友很早便結婚嗎？她的兒子都三歲了。』

『她比我大八年。』

『原來是這樣。』

『跟她一起的時候，我並不介意，反而是她很介意，很沒安全感。她最後還是嫁了一個年紀比她大的男人。』

『你們現在還是好朋友吧？你跟她的兒子很親呢！』

榮寶尷尬地搔了搔頭，說：

『是的，他很親我。跟以前女朋友的兒子走在一起，感覺上，他竟有點像我的小

弟，實在難為情！』

『對了，你現在做甚麼工作？』

『你眞想知道？』

『不能說的嗎？』

『怕會嚇你一跳。』

『難道是警方的臥底？』她在那杯血腥瑪麗裡灑上辣汁，一口喝下去。

榮寶湊在她耳邊，悄聲說：

『我是午夜牛郎。』

柯純口裡的酒幾乎噴了出來。她用手掩著嘴，說：『你？』

『怎麼樣，我不像嗎？不一定要像秦子魯那麼帥才可以做牛郎的。』榮寶一本正經地說。

『我才不相信你！』帶著微醺的她，從嘴角到下巴再到脖子上，流著一絲血紅色的血腥瑪麗的汁液。

『你看你，像吸血鬼。』他遞了一條紙手巾給她。

『喔，謝謝你。』她抹去從嘴角到脖子的酒。

『喝血腥瑪麗喝得這麼兇的人，身體裡面一定流著很野蠻的血。』榮寶說。

『喝π水的人，是爲了沖淡本來就很野蠻的血嗎？』

正在喝π水的他，答不上來。

夜裡，她翻出照相簿，終於找到那張照片。那一年，她在特雷維許願池前面留影，站在她左邊的是秦子魯，右邊的是榮寶，拍完這張照片，她和秦子魯便跟大家失散了。

2

幾天後，一個滂沱大雨的早上，她匆匆從公寓走出來，準備上班，忽然聽到幾下汽車的喇叭聲，她回過頭去，看到一輛墨綠色的越野車停在灰濛濛的天空下，車上的人向她招手。

她走了過去。榮寶打開車門，說：

『快點上車！』

她連忙收起雨傘爬上車。

他拿了一條毛巾給她抹頭髮。

『謝謝你。你爲甚麼會在這裡？』

『我剛從尼泊爾回來，送你上班吧。』

『太好了！我快要遲到！』

『我不能保證你不會遲到，這種環境，沒法開快車。』

『還以爲會像電影情節那樣，你會在鬧市左穿右插呢！』

『這種天氣開快車，太危險了。』

『求求你吧！我今天早上有個重要會議，我上司會罵我的！我眞的不敢想像！』

『沒那麼可怕吧？』

『他罵起人來，像瘋了一樣，簡直令你無地自容。求求你，開快一點吧！』她拉拉榮寶的手臂。

榮寶搖了搖頭，說：

『不行，我是個奉公守法的市民。』

她噘起嘴巴：『看來你的血液一點也不野蠻呢！』

車子終於到了，柯純一邊下車一邊說：

『謝謝你！』

『等一下。』

榮寶從後座拿了一件粉紅色的雨衣和一雙白色的雨鞋給柯純，說：

『穿上吧，那便不會淋濕衣服和鞋子。』

柯純抱著雨衣和雨鞋，雖然不明白榮寶爲甚麼會爲她準備這些東西，但她太趕了，沒時間問，只說：

『謝謝你，下班再穿吧。』

雨下了一整天。下班的時候，她換上了那雙白色的雨鞋和那件粉紅色的雨衣。在幽暗的路旁，她看到兩圈車燈的亮光，是榮寶的越野車。

她走上前，問：

『你爲甚麼會在這裡？』

『我剛剛在附近經過，看看你下班了沒有。雨這麼大，很難叫車的。』

這個時候，一個男人從大廈走出來，柯純連忙背著那個男人，小聲說：『他就是我的上司，今天把我罵得狗血淋頭。』

『就是他嗎？』榮寶盯了盯他。

柯純爬上車，隨手把公司的年報放在旁邊的雜物箱，然後脫下身上的雨衣。

榮寶低下頭，望了望她穿著雨鞋的雙腳。

『你看甚麼？』她問。

『你小時候有一雙紅色的雨鞋，旁邊印有小金魚圖案的，每逢下雨天便會見到你穿它。』

她吃驚地望著他：『你怎麼會記得這麼清楚？那是我很喜歡的一雙雨鞋。』

『我就是記得。』

媽媽死了之後，一天，跟媽媽分開了的爸爸突然來合唱團把他接走。外面下著雨，他默默走上車，回頭望的時候，柯純跑了出來，在雨中跟他揮手道別。當時她腳上穿的，就是那雙紅色雨鞋。

『這樣的雨，不知道要下到甚麼時候呢？』她調低車窗，外面很涼，她卻覺得一張臉熱得很。

『我們去吃飯好嗎？』榮寶問。

她回過頭來，含笑望著他，點了點頭。電台剛好在播秦子魯的新歌〈當時年紀小〉，一把熟悉的歌聲在車廂裡迴蕩，他們沉默地對望了一會兒，她笑了笑，轉臉看著窗外的景物。

這個時候，榮寶的電話突然響起，他接電話時，臉色沉了半晌。
他掛了電話，把車掉轉頭，跟柯純說：
『對不起，我要先去辦點事情。』
『沒關係，我在這裡下車就好了。』
『不，我很快辦完的，你等我一下。』
榮寶把車子停在一個遊樂場外面，問柯純：
『你會開車嗎？』
『嗯。』
他一邊走下車一邊說：
『我把車鑰匙留下來，有甚麼事的話，你可以把車開走。』
她點了點頭。
榮寶轉身就走。
『榮寶！』她叫他。
『甚麼事？』他跑了回來。
她把自己那把紅色雨傘塞給榮寶。

『謝謝。』他微笑說。

她看著他在雨中走進遊樂場旁邊的一幢公寓裡。

摩天輪寂寞地在半空流轉，直到燈火闌珊，她忽然聽到有人敲窗的聲音。她抬起頭，看到榮寶撐著雨傘站在外面。她打開車門，榮寶收起雨傘，爬上車。

『對不起，要你等那麼久。』

『你辦完事了嗎？』

『嗯。』

她發現他左邊臉頰有一道血痕。

『你臉上有血呢。』

『剛才不小心刮傷了。』他若無其事地抹走臉上的血，一邊開車一邊說：『現在只能吃消夜了。』

那天晚上回到公寓，她的信箱裡有一張卡片，是葉念菁寄來的，邀請她去參加生日派對。

她打了一通電話給葉念菁。她們許多年沒見了，她覺得應該多謝她的邀請。

『我最近碰見榮寶。』她告訴葉念菁。

『他怎麼啦?那時他好像是突然不見了的。』

『他很好啊!』

『聽說他爸爸是黑幫頭子。』

『誰說的?』柯純嚇了一跳。

『很多人這樣說的,我還以爲你知道。』

『我記得他媽媽是幼稚園教師。』

『你別忘了,我們從沒見過他爸爸。』

『榮寶看上去不像黑社會。』

『黑幫頭子的兒子,不一定也是黑社會的。』葉念菁說:『而且我相信,兒童合唱團出來的人,不會壞到哪裡去。我們是被無數優美詩歌養大的呢!』

夜裡,柯純在床上翻來覆去。十多年前的一天,合唱團正在練習,一個四方臉的男人走進來,跟團長說了幾句話,榮寶便收拾了歌譜,跟著那個男人出去。柯純跑出去跟他道別。那是個下雨天,榮寶跟著男人朝一輛停在路邊的黑色轎車走去。柯純隱約看見車廂後座坐著一個男人,上車之前,榮寶回過頭來,跟她揮了揮手。

那天以後,他沒有再回來。

今夜，他臉上有血痕。他的眼神比小時候深沉了許多。

3

隔天，她本來要開會的，但上司直到下班還沒有出現，秘書找不到他，他也沒打電話回來。他從沒試過這樣的。

柯純懷著忐忑的心情離開公司，看到榮寶坐在車上等她。她連忙走上去，慌張地問：

『你把我上司怎樣了？』

他愣了愣：『你怎知道的？』

她嚇得半死：『天啊！他是好人！他最近被女朋友甩了，所以脾氣才會那麼暴躁。』

『眞可憐啊！』榮寶搖搖頭。

『他在哪裡？』

『我把他放在後車廂。』

她嚇得張大嘴巴：『快把他放出來！』

『在這裡？』

『快點！』

『本來我想待會才給你看的。』榮寶走下車去打開後車廂，拿出一個像人那麼高的吹氣沙包來，沙包上，用電腦技術模模糊糊的印上了那個男人的樣子。

『以後他再罵你，你可以打這個沙包報仇。』

『你說的是這個？』

『你以爲是甚麼？』

『你爲甚麼會有他的照片？』

『那天你把公司年報留在車上，裡面有他的照片。』

這時，柯純的電話響起，是上司打來的。

『柯純嗎？我昨晚喝醉了，會議改明天吧。』

她這才鬆了一口氣，朝榮寶尷尬地笑笑，責怪自己的多疑。

『今天由我請客吧。』

『爲甚麼？』

她使勁在沙包上打了一拳，說：『我的心情好多了！』

4

後來有一天晚上，榮寶來接她下班，她看到車上有一份馬來西亞的旅遊資料。

『你要去馬來西亞嗎？』

『我準備去西巴丹看大海龜。』

『那裡有大海龜嗎？』

『很多很多，是很大很大的。』他用手比劃著，『大概有一百公斤吧！』

『我從沒看過呢！你一個人去嗎？』

『還有幾個朋友，你有興趣一起去好嗎？』

『我正想放假呢！』她說。

『跟我們一起去，我保證你這個假期會很好玩！』他滿懷高興地說。

她羞澀地望著他，他那個興奮的神情感動了她。她意識到這個男人對她是特別的。她還沒決定要不要去，這一刻，卻突然不想讓他失望。

5

接下來的幾天，她一直憧憬著那個有陽光、椰樹和大海龜的小島之旅，直到她重遇另一個人。

那天，她跟榮寶去了他們第一晚去的那家酒吧。她喝了一杯血腥瑪麗。上洗手間的時候，她在走廊上碰到秦子魯。

『純純。』他首先叫她。

她驚詫地望著他，沒想到那麼多年之後會再見。他一點也沒改變，甚至連一點陌生的感覺都沒有。她下意識撥了撥額前的一綹頭髮，朝他微笑，同時也後悔這天沒有好好裝扮一下。

『你搬家的時候爲甚麼不告訴我？』他問。

她抱歉地笑了笑。

『你記得榮寶嗎？他也來了。』

『是嗎？』

這時榮寶走過來，兩個人見了面，互相點了一下頭，寒暄了幾句。她看著這兩

個她從小到大認識的男人，忽然有點迷惘。一旦將他們兩個人放在一起，她就知道那種分別有多麼大。

那天晚上，榮寶送她回家，她終於說：

『對不起，我走不開，不能跟你們一起去西巴丹了。』

『是因爲秦子魯嗎？』他幽幽地問。

她窘迫地笑笑：『爲甚麼這樣說？』

『誰都知道你和他最好。』

『那是以前的事啦！』她聳聳肩。

『可是，你還是會買他的唱片。』榮寶酸溜溜地說。

她沒想到那天的事他全都看到了。

一瞬間，彼此的心事再隱藏不住了。他默默地開車，她轉臉看著車外的景色，兩個人再沒有說話。車子終於到了公寓，下車的時候，她說：

『旅途愉快。』

他把一包東西交給她。

『本來準備到了西巴丹才給你的。』

『是甚麼?』

『你回去看看。』他朝她微笑，微笑中有苦澀。

她下了車，看著他的車子沒入濃霧之中。

他送給她的，原來是《哈利波特》第一集的精裝版。

無眠的夜裡，她把那雙白色雨鞋掛在窗旁，忽然懷念在遊樂場外面的那個夜晚，等一個男人回來的那種幸福。愛情，有時候只是瞬間的感覺。

06

三個人

一本書，連結著三個人。
只是，相逢的時間，
從來不由他們自己決定。

1

柯純一個人在日本領事館簽證部等著遞交申請簽證的文件。假期來臨前，這裡擠滿了人，她縮在一角低頭看書。她領的號碼牌是七百零一號，現在才只叫到四百二十號，那可眞是天長地久的等待。

不知道過了多少時候，她抬頭看看輪到哪個號碼，就在抬頭的一刹那，一張熟悉的臉映射在她眼中，他也看到她了。

『柯純！』榮寶擠到她身邊，說：『人眞多啊！』

『你幾號？』她問。

他給她看看手上那個號碼牌。

她瞪大了眼睛：『是八百零一號！還要等很久呢！』

『你也是去日本玩嗎？』榮寶問。

『我去念書。』柯純說。

上次離別後，已經半年光景了，她沒想到會在領事館裡跟他再見，眼前人既親近也遙遠。

『嗯？』知道她是去念書，他臉上閃過一抹悵然。他沒想到再見之後將是漫長的離別。

『你的工作呢？』他問。

『我辭職了，反正做得不是太開心。』她聳聳肩微笑，又問：『你是去玩吧？』

『嗯，跟朋友去東京玩。』

『哦。』她心裡想，該是跟女孩子去吧。

他補充說：『跟幾個朋友一起去。』

『是嗎？』她竟莫名其妙地有點歡喜。

『你也是去東京嗎？』

『嗯。你怎知道？』

『你手上拿著的書跟我一樣。』

柯純看了看榮寶手上的書，原來就是她正在看的那本《愛戀東京手冊》。

『這本書很好呢！書上介紹的地方我都想去。』

『你不是要去念書嗎，還有時間逛街？』

『我去念日語，應該不會太忙的。』

『你的日語行嗎？』

『以前斷斷續續學過一年，我一直都希望有機會可以再學。』

輪到她那個號碼了。

『喔，你等我一下。』柯純去交了申請表，又折了回來。

『你甚麼時候出發？』她問。

『下星期。你呢？』

『我也是。』

『那我們有機會碰頭啊！你會住在哪裡？』

『學校附近有宿舍，但我還不知道地址。』

他惆悵地說：『一個人在外面，要好好保重啊！』

『你也是。』然後，她說：『我要走了，我趕著回去公司收拾東西。』

『再見。』榮寶揮了揮手。

『再見。』她退後了兩步，才又轉身離去。

她本來可以問他住在哪裡，或者相約在東京見個面，不知道爲甚麼，她沒問，他也沒提出，她連他坐哪一班機也不知道。

2

這天到達東京新宿車站的時候，已經是晚上八點鐘了，學校說好會派人來接她去宿舍。她坐在行李箱上面等了一個鐘頭，冷得直哆嗦，人影兒都沒一個。她打了一通電話到學校，用蹩腳的日語和英語跟對方說了大半天，才終於弄懂，原本來接她的人已經下班了，她得自己去宿舍。

她拖著沉甸甸的行李，上了一輛計程車。

宿舍是一幢樓高三層的民宿，一個走路八字腳的男校工領她到二樓，把鑰匙交給她，嘰哩咕嚕說了一大堆她一知半解的日語。這公寓總共有八個房間，客廳、廚房和浴室是共用的，地方還算寬敞。幾個韓國女生正圍在一起吃飯。來這裡之前，她已經知道住在宿舍的全是韓國人，只有她的室友是從香港來的。那幾個女生告訴她，她的室友上班去了。

她用鑰匙打開了房門，房間裡有兩張床，一張床亂糟糟，幾件衣服就擱在床邊，另一張是空的，應該就是她的床了。

她去倒了一杯熱水，關起房門，從背包裡掏出一個剛才在新宿車站買的明太子飯糰便當，坐在床邊吃了起來。《愛戀東京手冊》那本書上說，日本每個車站的便當都很有特色，值得一試。她決定了，在東京的日子，每到一個車站就買一個便當，算是在異鄉的旅途上給自己打打氣。

她只是沒想到，來到的第一天會是這麼孤單。

夜深了，她的室友還沒有回來。對方會是個甚麼人呢？想著想著，她累得睡著了。半夜裡醒來，她看見對面床上躺著一個人，背對著她，睡得很熟，應該就是她的室友了。床邊的椅子上，吊著一個橘子色的背包，已經有點斑黃殘舊。

3

早晨的微光透過白色的窗簾灑落在她身上，她坐起來，伸了個懶腰，發現昨夜掛在椅子上的橘子色背包不見了，床上的人也不見了。

她到學校辦了手續。還有幾天才開課，她四處逛了逛，每到一個新的車站，就買一個便當吃。榮寶應該也已經來了東京吧？

晚上回到宿舍，她的室友還沒有回來，她吃了便當就上床睡覺。夜裡，她看到對面那張床上有個女孩子趴著睡覺，臉深深地陷在枕頭裡，那個橘子色的背包掛在床邊的椅子上。那個人看來累垮了。她想，也許明天早上再跟對方打個招呼吧。

然而，第二天早上，當她醒來的時候，那個背包和床上的人都不見了。

以後的幾天，她和室友總是遇不上。她回來，她還沒下班。她醒來，她已經出去了。她連對方的模樣也不知道，即使在街上碰到，互相也不會知道對方就是跟自己同房了一個禮拜的人。

這一天，她決定晚一點睡，無論如何也要等她回來。畢竟，這個人將會是在東京跟她相依為命的人。

夜深了，她實在睏，不知不覺就睡著。午夜裡醒來，看到那個背包吊在椅子上，床上睡了一個人，這一回，她臉朝柯純這邊躺著。

柯純走過去，亮起床邊的一盞小燈，悄悄看看她是甚麼樣子。不看還好，看了倒把她嚇了一跳。

柯純搖搖那個女孩的肩膀，那個女孩張著惺忪睡眼，看了看她。

『蘇綺詩，我是柯純啊！認得我嗎？』她滿心歡喜地說。

蘇綺詩矇矇朧朧地點了點頭。

蘇綺詩是她在兒童合唱團的同學，沒想到這個神秘的室友就是她。

『你也在這家學校嗎？我來了好幾天都沒見到你，這下可好了。』

蘇綺詩轉過身去，說：

『我很睏啊！有甚麼事明天再說吧！』

『好啊！我們明天再聊。』

第二天早上，柯純醒來的時候，蘇綺詩已經出去了，沒留下片言隻字。她突然意識到，相依為命也許只是她一廂情願的想法。何況，她們已經許多年沒見了，那時又不是特別親密。

這天放學後，她一個人去了代官山，經過一家毛毛熊專賣店，這家店可以讓客人訂製『個人專屬毛毛熊』，每一隻要一萬八千日圓，她終究捨不得買。她現在可是個沒有收入、靠積蓄度日的窮學生呢。

傍晚的時候，她逛累了，在代官山車站買了一盒咖哩豬排飯便當，準備回宿舍去。列車剛到站，她連忙飛奔到月台上，手裡的便當不小心掉在地上，她只得回頭去拾起便當，眼巴巴看著列車的門關上。

她用紙巾抹走便當上濺了出來的咖哩汁，高速開走的列車捲起了一陣風沙，她用手揉揉眼睛，就在那一刻，她瞥見車廂裡有一個熟悉的人影，那不就是榮寶嗎？

她連忙跑上去，一邊喊他一邊不停揮手，可是，他沒看到她。她喘著氣目送榮寶從她的視線中消失。

隔天，早上起床她就覺得有點不舒服，勉強撐著身子回學校上了幾節課，回來宿舍之後，一直縮在被窩裡。夜裡，她愈發覺得不舒服，好像是發高燒。她帶來的藥不知放到哪裡去了，蘇綺詩又不在。她爬起床，穿上外套，戴上頸巾，有氣無力地把雙腳往襪子裡套。

她瑟縮著走到附近的便利商店買退燒藥。微雨紛飛，她走進電話亭，打了一通長途電話，那是榮寶的手機。她想，榮寶或許帶了香港的電話來。電話接通了，她聽到榮寶的聲音，正想說話時，才發現那是榮寶的留言信箱。

她失望地掛上電話，走出電話亭。

回去宿舍的路上，雨愈下愈大，她冷得直哆嗦，一輛墨綠色的越野車打她身邊駛過，車上坐著一對男女，正在談笑，車子的款式和顏色跟榮寶在香港開的那輛一模一樣，是她半年前坐過的。她看著那輛車子消失在朦朧的遠處，一陣鼻酸忽然湧上喉頭，她哇啦哇啦的蹲在路邊痛哭。

半夜裡，她在睡夢中覺得有人在搖她的肩膀。她張開眼睛，看到蘇綺詩坐在她床邊。

『你是不是不舒服？』蘇綺詩溫柔地問。

『嗯。』

『我看到你在被窩裡發抖。』她摸了摸柯純的額頭，說：『你發燒呢！吃了藥沒有？』

『嗯。』她迷迷糊糊地應了一聲。

『我煮了一碗麵豉湯❸，起來喝吧！是特別多放了麵豉的，對感冒很有效，喝完了湯，出一身汗便沒事。』蘇綺詩把一大碗熱騰騰的麵豉湯端過來。

『好喝嗎？』

柯純撐起身子，靠著床，接過了蘇綺詩手上的麵豉湯，一小口一小口的喝。

『嗯，謝謝你。』

『對不起，你來了那麼多天，我還沒時間陪你。』

『沒關係，你要工作嘛！你剛剛下班嗎？』

『嗯。』

『你在哪裡上班？』

『西新宿的居酒屋。』
『那爲甚麼早上也見不到你？』
『早上我去了圖書館溫習，這陣子要考試。』
『怪不得！你來多久了？』
『八個月啦！你呢？打算留多久？』
『我讀三個月的短期課程。你呢？』
『大概要兩年。我想報讀這邊的麵包師訓練學校，那得要先通過日語評核試。』
『你的樣子一點也沒變。』
『你也是。』她笑笑說。
『我來之前，見過合唱團的一班同學。』
『是嗎？』
『那是葉念菁的生日會，怪不得她找不到你，原來你在日本。葉念菁瘦了很多呢！簡直變成另一個人。』

❸ 麵豉湯：即『味噌湯』。

『她以前不是很胖的嗎？』

『就是啊！徐可穗、孟頌恩和林希儀都來了。』

『何祖康有來嗎？』

『沒見他來呢！那天晚上很熱鬧，如果你在香港便好了。』

蘇綺詩低了低頭：『我明天放假，明天晚上一起吃飯好嗎？我來下廚。』

『嗯！』她感激地朝她微笑。

『那早點睡吧！』

蘇綺詩把床邊的燈擰熄，回到自己的床上。柯純看到那個疲累的背影縮在床上，心裡很是內疚，她怪錯人了。蘇綺詩不是冷漠，她看得出來，她的生活很緊絀，她那個橘子色的背包都有個洞洞了。

第二天晚上，蘇綺詩做了一個牛肉火鍋，又買了一大瓶日本清酒，兩個人一邊吃火鍋一邊喝酒。

『附近那家超市逢星期三舉行一百日圓日，四百種平時賣得很貴的東西在這一天都只賣一百日圓，我們都只會在星期三去買東西，這個火鍋才一百日圓。』蘇綺詩說。

『很便宜啊！我以後也要等到星期三才去買東西。』

『不夠飽的話，我還有國寶。』

『國寶？』

蘇綺詩拉開床邊的抽屜，拿出兩個罐頭，笑著說：『是珠江橋牌豆豉鯪魚和午餐肉。我媽媽寄來的。』

『你想念香港嗎？』柯純問。

『我是爲了忘記香港的一切才來這裡的。』

『你是不是失戀了？』她看出了一點端倪。

蘇綺詩喝了一口酒，說：

『認識他的時候，就知道他有一個青梅竹馬的女朋友，後來給他女朋友發現了，他選擇回去她身邊。我很傻呢！分手之後還找人打電話給他，假裝打錯了電話，不過想聽聽他的聲音。』

『你現在好了點嗎？』

她苦澀地笑了笑：『我忙得根本沒時間去想。只有在生病的時候，一個人很孤單，很希望一覺醒來，他就坐在我床邊。你呢？你又怎樣？』

柯純笑了笑：『我還沒有著落呢！』

『秦子魯呢？你們小時候很要好的。我看見你床頭放著他的唱片，你們還有見面嗎？』

『那是很久以前的事了。』她吹了吹手裡那碗熱湯，眼前一片朦朧。

『你喜歡東京嗎？』她問。

『總比香港好。』蘇綺詩說。

4

隔天放學後，她一個人去了下北澤。逛得累了，剛好看到有一家咖啡店，她走進去買了杯咖啡，找了個靠街的位子坐下來。

她吹了吹手裡的咖啡，啜飲了一口，正要放下來的時候，一隻手從後面搭在她的肩膀上。這裡會有甚麼人認識她？除了榮寶。

她連忙回過頭去，詫異地望著那隻手的主人。

『純純！』

秦子魯燦然地望著她。

她以爲這裡跟香港已經是關山之遙了，沒想到竟會在咖啡店裡遇到秦子魯。

『你在等人嗎？』
她搖了搖頭。
『你剛才看到我的時候，好像有點失望。』
『我是太意外了。只有你一個人嗎？』
『嗯。』
『甚麼時候來東京的？』
『兩天了。』
『眞巧！爲甚麼你也在下北澤？』
『書上說這裡很値得逛。』
『你看哪本書？』
秦子魯從背包掏出《愛戀東京手冊》，說：『就是這一本。』
她難以置信地望著他。
『甚麼事？』
『我也是看這一本。』她從背包掏出她那一本來。
『原來是因爲同一本書！』他笑了。

『你住在哪裡？』她問。

『要去看看嗎？』

秦子魯帶著柯純回去他住的飯店。房間的門打開了，柯純看到那張寬敞的雙人床，脫掉鞋子，二話不說就跳了上去，趴在床上。

『很久沒睡過這麼舒服的床了！』她說，然後又問：『你爲甚麼來東京？』

『我是逃走的。』

『逃走？』

『我不想再唱歌了。』

『爲甚麼？』

『不可以做自己想做的音樂，也不可以唱自己喜歡的歌，當歌手又有甚麼意思！』他沮喪地說。

『他們不讓你唱自己喜歡的歌嗎？』

『公司認爲那些歌不賣錢，他們只想我唱一些商業化的歌。』

『很多人想當你呢！』

『那不代表我過得很好。』

『別這樣嘛！我們去玩好不好？』
『好啊！去哪裡？』
『你說呢？』柯純的眼珠子轉了轉。
秦子魯指著她說：『你太糟糕了！』
『難道你不想去？』
『你太沒品味了！眞不想跟你這種人做朋友！』
『你可別後悔啊！』柯純一邊穿鞋子一邊說。
『你甚麼年紀了？』秦子魯一邊穿外套一邊說。
『你到底去不去？』
『去！』秦子魯邊走邊說：『你眞幼稚！』

5

兩個人來到了東京灣的迪士尼樂園。摩天輪在半空中流轉，柯純和秦子魯坐在上面，在最接近天空之處，所有的距離都拉近了一點點。
接下來的幾天，他們在東京結伴四處逛。星期六的早上，她不用上課，約好了秦子魯來宿舍接她，他們說好去逛築地魚市場，《愛戀東京手冊》那本書上說，魚市場外面有一家『井上』湯麵，他們做的中華叉燒麵在國內非常有名，她很想去嚐嚐。

外面下著微雨，她穿了那雙白色的雨鞋。秦子魯撐著一把深藍色的雨傘在宿舍外面等她。

『你穿了雨鞋啊？』

『下雨嘛！』

『你像隻鴨子。』

『你才像！』

『井上』擠滿來吃麵的人。他們捧著麵，坐在路邊的小板凳上。

吃麵的時候，她聽到老闆娘用日語在她背後說：

『又是你啊？你每天都來，是從香港來的嗎？』

柯純回過頭去，訝異地看到眼前人正是榮寶。原來他還沒有走。

榮寶先是看到了她，然後又看到秦子魯，臉上的微笑有點不自然。這三個人在微雨中各自捧著一碗湯麵，已經不知道從何說起了。

她看到榮寶臂彎裡夾著那本《愛戀東京手冊》，她恍然明白了，一本書，連結著三個人。只是，相逢的時間，從來不由他們自己決定。

01

妒忌

也許，這些日子以來，
她只是空空地等著自己也不知道是甚麼的東西，
那不過是回憶的夢影……

1

柯純從飛機的圓形窗戶往外看，她的臉貼在窗子上，尋找屬於自己公寓的那一點燈光。她想家想得快要瘋了，好想在那張久違的床上舒舒服服的睡一覺。她領了行李，獨個兒走出機場，登上一輛計程車。電台播放著秦子魯的歌，她笑了。她沒想到迎接她的，是他的歌聲。

她的手機響了起來，秦子魯在電話那一頭問：

『已經到了嗎？』

『嗯。』

『對不起，我正在錄歌，不能來接你。』

『沒關係。』

『我晚一點找你好嗎？一點鐘之前，應該可以錄完這支歌的。』

『好啊！』

『我好像聽到我的歌。』

『是啊！我在計程車上，夏心桔的「Channel A」在播你的歌。』

她關上電話，沉醉在歌聲裡。三個月前的那天晚上，她在東京跟秦子魯和榮寶一起。他們三個從居酒屋回到飯店，聊了許多事情。第二天，榮寶走了，秦子魯留了下來。

回去宿舍的路上，雨點紛飛，她腳上穿著那雙白色的雨鞋，秦子魯幽幽地說：

『榮寶好像喜歡你。』

『誰說的？』她假裝不知道。

『我看得出來。』然後，他問：『你喜歡他嗎？』

她笑了：『你甚麼時候當上我的愛情顧問？』

『我們是好朋友啊！』

『就只是好朋友？』她酸溜溜地說。

『是青梅竹馬的好朋友！好兄弟！好姐妹！』

她突然敏感起來，朝他疑惑地說：『姐妹？喔，也許是吧。』

他們在沉默中走著，到了宿舍外面，她說：『我回去啦！你甚麼時候走？』

『還沒決定。』

『唱片公司早晚會通緝你。』

『我喜歡日本，除了你，這裡沒人認識我。』

『你不會喜歡這種平凡的生活的。』她朝他微笑。

她轉身進去宿舍的時候，秦子魯忽然在她後面說：

『我是喜歡女人的。』

她站住了，不敢回過頭去，她不知道這句話意味著甚麼，是示愛？還是向好朋友告白？

沒等她回過頭來，他說：

『我明天來接你放學。』

她點了點頭，進去了。

他曾經熄滅了她的希望，如今又把希望重燃。那個晚上，她糾纏著床榻，秦子魯最後的一句話在她耳邊縈迴。『我是喜歡女人的。』將是他倆的故事的新一頁嗎？這句話，就像撥動了一根久久地發出微響的琴弦，顫動著她靈魂的深處，給了她太多的幻想和期待。

第二天放學的時候，她看到秦子魯在學校外面等她。他穿著白色的汗衣和牛仔褲，雙手插在口袋裡，像個等女朋友放學的大男孩。他的樣貌是如此出眾，路過的同學都忍不住多看他幾眼。

她走到他跟前，說：

『我是來念書的啊！天天陪你去玩，書也念不成了。』

『我下星期便回去。』

她愣住了，心裡有些失望，卻沒有流露在臉上。

『等你回來香港，我們會有更多時間見面。』他說。

她盯著他，她的眼睛嚮往著這個承諾。

『不是說不想再唱歌了嗎？』

『你不是勸我回去的嗎？』

『那就是聽了我的話囉？早知道你過不慣這種生活。』

『是的，我還是喜歡唱歌。』

『而且喜歡掌聲。』

『誰不喜歡？』

『不，有些人只需要一個人的掌聲，有些人需要許多人的掌聲。』

『我會寫電郵給你的。』

『你有時間嗎？』

他打開背包，掏出新買的手提電腦給她看：『我連電腦都買了，在哪裡都可以發電郵。』

『在香港買會便宜很多。』

『我急著讓你看看。』他撫撫她的頭，說：『我走了，你要好好念書啊！』

她縮了縮脖子，說：

『你走了我便清靜。』

『我等你回來。』臨別的時候，他說。

三個月來，他幾乎每星期都給她發電郵，談他的工作，談他身邊的人。她也告訴他所有她的生活，他們的新一頁在彼此闊別多年後、在分隔天涯的時候才開始，是她從來沒有想過的。看他的電郵，成了她在異鄉裡的慰藉。她一直盼望著重逢的一天，她唯一沒告訴他的，是在他離開一個禮拜之後，她收到一隻穿著白色雨鞋的毛毛熊。

她以爲是他送來的，當她滿懷高興地打開放著卡片的信封時，看到的卻是榮寶的簽名。這隻灰棕色的毛毛熊是在『Petit Loup』訂做的，熊背上縫上了她的名字和

二〇〇二年的字樣。她到過這家店，但捨不得買這隻毛毛熊。這是榮寶臨走前爲她訂做的，卡片上寫著：『努力！』那天離開代官山的時候，她在一列剛開走的地下鐵列車上看到榮寶。那天，他就是去訂毛毛熊嗎？

她不知道怎樣回報這種深情。她一直相信自己喜歡的是秦子魯。離開東京的前一天晚上，她和蘇綺詩在居酒屋裡吃飯。

『你還是想要當麵包師嗎？』她問。

『嗯！愈來愈想了！來這裡的時候，本來是爲了忘記他的，那時並沒有甚麼人生目標。這兩個月來，我好像已經可以忘記他了。原來忘記一個人沒有想像中那麼困難。』

『當你忘記了，才能夠這樣說啊！我剛來的時候，你的樣子不知有多慘呢！』

『你呢？到底喜歡秦子魯還是榮寶？』

『你認爲我應該選哪一個？』

蘇綺詩笑了：『如果他們兩個合起來變成一個，那有多好！』

『就是啊！他們偏偏是兩個不同的人。』

『開心的時候，你想跟誰一起？』

『秦子魯。』她毫不猶豫地回答。

『不開心的時候呢？』

她想了想，說：『榮寶。』

『那就糟糕了，他們應該是同一個人才對。』

『難道要擲銅板去決定嗎？』

蘇綺詩朝遠處的一桌客人望去，說：

『這三個男人，幾乎每天都來，他們在附近一家大公司上班。』

柯純看了看那三個男人，都是穿著西裝，帶著公事包的中年上班族。

『每天晚上，他們當中總會有人喝醉的，就拿他們來擲銅板吧！』

『怎麼擲？』

『猜猜今天晚上哪一個首先喝醉。你可以揀兩個，一個代表秦子魯，一個代表榮寶。』

柯純定定地看著那桌客人，其中一個是三個人之中長得最好看的，臉上架著一副眼鏡。他的臉漲紅了，看來已經喝了很多。

『就他吧！』

『嗯，如果醉的是他，那你便揀秦子魯。現在，誰代表榮寶？』

穿灰色西裝的男人這時站起來上洗手間，他喝了很多，走起路來搖搖晃晃的。

剩下穿白襯衫的一個，看起來最清醒。

『我選他。』柯純說。

『我認爲灰色西裝那個會首先喝醉。』蘇綺詩說。

由那一刻開始，她們的眼睛幾乎沒離開過那三個男人。

架眼鏡的那個，那張臉愈來愈紅，卻始終沒有倒下去。

穿白襯衫的那個愈喝愈多，開始有些醉態。

不知道過了多久，『砰』的一聲，穿灰西裝那個倒在地上，其他兩個人把他扶起來的時候，他還嚷著要喝酒。

『我贏了！』蘇綺詩說。

『你怎會猜到是他？』

她笑笑說：『因爲每晚都是他喝醉。』

『原來你早就知道。』

『但是，你也沒揀他啊！』

『那我怎麼辦？榮寶和秦子魯都沒醉。』她嘆了一口氣說。

『其實你已經揀了。』蘇綺詩說。

2

她把行李放在床邊，連忙去洗了個澡。她本來累得要命，但是秦子魯晚一點要過來，她得讓自己看來容光煥發。她一直盼望著這一天。她在想，這個晚上是決定性的，只要能見到秦子魯，她便馬上知道那種感覺有沒有錯。

夜深了，她在床上幾乎睡著，身邊的電話響起，她連忙拿起話筒。

『純純嗎？我還在錄歌，也許不能來找你了。』秦子魯在電話那一頭抱歉地說。

『沒關係，我也累了。』失望的聲音。

她掛上電話，走下床，從行李箱裡把那隻毛毛熊拿出來，放在床上。望著它，她彷彿從它眼裡看到了自己的寂寥。

第二天，秦子魯開車來接她去吃飯的時候，她裝著沒有爲昨天的事生氣。畢竟，他沒承諾些甚麼，他只是說大家在香港也許會有更多時間見面。

在車上，他雀躍地談他的工作。唱片公司終於讓他做他喜歡的音樂了，他有很

多未來的計畫。

『你有甚麼打算？』他問。

『明天開始要找工作了。』

他朝她笑了笑，好像想說甚麼，終究又沒有說。

她張開了口，又把話收了回去。

她以爲重逢將會是一個新的故事，此刻卻忽然發現，那只是人在異鄉時，對舊事的懷念。他們太熟了，大家都不知道怎樣去開始。在電郵上的那個他，跟眞實的他，彷彿是兩個人，他們近了，也遠了。她安慰自己，或許是彼此無法立刻適應這種重逢和期待罷了。

兩個人在一家小飯館吃飯的時候，秦子魯碰到幾個女歌迷，她們興奮地拉著他簽名和拍照，其中一個女孩子更忍不住伸手摸他的頭髮。他跟她們出去拍照。回來的時候，他溫柔地問：

『還要吃點甚麼嗎？』

『是不是趕著要走？』

『不，不急，你慢慢吃。』

她低著頭吃飯，心裡卻不是味兒。

那個晚上，她翻了許多份報紙的招聘廣告，把有興趣的工作圈了出來。她突然發現自己是個多麼沒有目標的人。她毫無專長，好像甚麼工作都可以做。她不知道自己的興趣，從沒好好打算。大學畢業之後，她在廣告公司上班，做得不愉快便辭職。雖然去了日本念書，那三個月裡，卻想著香港。現在回香港了，竟又寧願沒有回來。秦子魯有一個燦爛的星途，而她自己呢？他早已經在一個不同的生活裡，在一個不同的故事裡，她卻茫然不知道自己想要做些甚麼。

3

一個星期以來，她應徵了幾份工作，都在等消息。她的時間很多，秦子魯的時間卻很少。那天在東京，他說他喜歡女人，是因爲榮寶的出現嗎？那或許只是一種出於妒忌的告白，並不意味著甚麼。

夜裡，她打了一通電話給榮寶。

聽到她的聲音時，他愉悅地說：

『甚麼時候回來的？』

『快兩個星期了。謝謝你的毛毛熊。』

然後，她說：

『我帶了一些禮物給你。』

在酒吧見面的時候，榮寶說：

『爲甚麼忽然跑回來？你不是要念書的嗎？』

『我讀的是三個月的短期課程。』

他愣了一下：『我還以爲你會去幾年。』

『我哪有這麼多錢！找工作找了兩個星期，到現在還沒著落呢。』

『我有甚麼可以幫忙嗎？』

她聳了聳肩：『連我自己都不知道自己想做些甚麼。喔，對了，給你的。』她把手上的東西交給榮寶。

那是一雙墨綠色的麂皮手套，在原宿一家時裝店買的。

『你看看合不合適？我不知道你穿幾號，只能猜。』

榮寶把手套戴上，手套好像小了一點，他使勁地把手往裡套。

『是不是太小了？』她抱怨自己不買一雙大一點的。

『不，剛剛好。謝謝你。』

榮寶把手套放在面前。就在這個時候，徐可穗來了酒吧，看見他們一起，徐可穗覺得有些奇怪。

『柯純！爲甚麼你會在這裡？』

『我剛從日本回來。你呢？』

徐可穗聽到『日本』兩個字，停了一下，說：

『來找榮寶囉！還沒告訴你，我跟他現在是鄰居。』徐可穗坐在柯純的旁邊，叫了一杯白酒。看到榮寶面前的手套和旁邊的禮物紙，她拿起來看了看，說：『很漂亮啊！在哪裡買的？』

『在日本。』柯純說。

『喔。』徐可穗應了一聲，把手套放回去。

榮寶沒料到這種場面，他把手套收在背包裡。夾在兩個女人之間的他，有點不自在。

『我和榮寶打算在這附近開一家精品店，你有興趣一起做嗎？』徐可穗首先說話。

『我哪有資格當老闆。』她說。

『不需要投資太多的。』榮寶連忙說。

『讓我回去想一下。』她說。

那個晚上，她不斷想的卻是徐可穗甚麼時候跟榮寶成了鄰居，他們又爲甚麼會一起開精品店？回家的路上，榮寶的車上載著她，也載著徐可穗。她首先下車，目送著他們一起離去。她忽然明白了秦子魯那種出於妒忌的告白。她以爲自己不喜歡榮寶。要是不喜歡，爲甚麼又有一種酸溜溜的感覺？

無邊的夜裡，她抱著那隻穿著雨鞋的毛毛熊在床上翻來覆去，想起她跟蘇綺詩在居酒屋裡的那個遊戲。正如蘇綺詩所說，她已經選了，命運卻讓她的選擇落空，是否要她明白，問題不是她喜歡哪一個多一點，而是她想要一個怎樣的人生，沒有兩個男人能爲她提供同樣的人生。

隔天，她接到榮寶的電話。他在電話那一頭說：

『我有朋友在電訊公司工作，他們正需要一位市場推廣主任。你以前做過廣告公司，我想你或者會有興趣。你想不想去試試看？』

第二天，榮寶開車來接她去面試。

『你的履歷都帶齊了嗎？』他問。

『嗯，帶齊了。』

『他是我潛水認識的朋友，人很好的。如果你不喜歡這份工作，我再想辦法。』

『謝謝你。』她朝他感激地說。

『我在這裡等你。』他說。

她下了車，走進辦公大樓裡，回頭看到榮寶的車子還在外面。

她面試出來的時候，他看起來比她還緊張。

『怎麼樣？』他問。

她笑笑說：『下星期就可以上班了。』

『恭喜你。』

『全靠你的面子，我要怎樣報答你？』

『發薪水的時候別忘了請我吃飯。』榮寶一邊說一邊按下車上的收音機。

『聽唱片好了。』她說。

他愣了愣，說：『我本來想聽新聞的。』

她尷尬地笑了笑。她只是突然害怕電台剛好播秦子魯的歌，她將不知道怎麼

辦。也許，這些日子以來，她只是空空地等著自己也不知道是甚麼的東西，那不過是回憶的夢影。秦子魯是屬於過去的，就像回憶一樣。

榮寶待在東京的最後一晚，他們三個人都累了，不知不覺躺在床上睡著。她就躺在榮寶和秦子魯之間。夜裡，她醒轉過來，看了看睡得正酣的秦子魯，又看了看熟睡的榮寶。

她定定地看著榮寶。在居酒屋的時候，一個便當從榮寶的背包裡掉了出來。他笑笑說，是在築地車站買的，因爲《愛戀東京手冊》那本書上說，東京每個車站的便當都很有特色。從第一天開始，他每到一個新的車站，便會買一個便當。

她詫異地望著他，不敢相信他跟她做著相同的事。是否他才是她要尋覓的人？趁著他睡了，她久久地凝望著那張像個孩子似的臉，想像她和他的故事。就在這一刻，榮寶揉了揉眼睛，好像醒了過來，她連忙轉過身去，臉朝秦子魯躺著，假裝已經睡著了。

天知道她爲甚麼害怕！也許她害怕發現自己喜歡的是榮寶而不是秦子魯。

青春

他撐著傘，朝遊樂場走去。
他知道有一個女人在車上等他回去，
就在那一瞬間，他夢想另一種生活，
一種平靜而幸福的愛情生活、一種承諾。

1

五歲那年，榮寶半夜裡在睡夢中被媽媽搖醒。他矇矇矓矓地看到媽媽就坐在他床邊，臉上露出恐懼的神色。媽媽把他抱起來，替他穿上衣服和鞋子。

『媽媽，我們要去哪裡？』他問。

『我們去找外公。』她一邊說一邊把榮寶揹在背上，提著行李，倉皇地從家裡逃出來。

外公是新界一個小村落裡的小學教師，曬得一身黝黑的皮膚，平日喜歡下田種菜。榮寶就在外公任教的小學念書。班上只有十幾個學生，都是那裡的村民。外公一個人幾乎負責所有的科目，只有英文和音樂由一位從市區來的林老師教授。

二十來歲的林老師，剛剛從學校畢業。她個子小小的，會彈鋼琴，歌聲很動聽。榮寶喜歡聽她唱歌，他也喜歡唱歌。唱歌的時候，他就能夠忘記許多事情，甚至忘記爸爸。

林老師小時候是兒童合唱團的團員，跟著合唱團去過許多國家表演。榮寶聽林老師說得多了，開始嚮往合唱團的生活，但他知道媽媽是不會讓他去的。自從搬到鄉村之後，媽媽便絕對不到市區去，好像是要跟從前那種生活隔絕似的。

一天，他聽到林老師跟外公說：

『榮寶唱歌很有天分，而且合唱團裡有很多小孩子，他會喜歡的。』

外公望了望他，他用一雙充滿渴望的眼睛抬頭看著外公，外公撫撫他的頭。

那天回到家裡，他聽見外公央求媽媽讓他參加合唱團。

『我負責帶他去上課好了！』外公拍拍胸膛說。

媽媽望了望他，再一次，他嚮往地望著媽媽。媽媽答應了。

每個禮拜天，外公帶著他坐火車到市區上課，那是他一個星期裡最興奮的一天。他上課的時候，外公就在附近的公園跟人下棋。等到他下課，兩爺孫手牽著手回家去。那時候，媽媽已經煮好了飯。他匆匆忙忙吃過飯，便會唱一遍那天學的歌給媽媽聽。

外公總是一邊喝燒酒一邊拍手說：

『我們榮寶將來會當歌星的啊！』

十歲那年，半夜裡，媽媽把他搖醒。他揉揉眼睛，看見媽媽那雙憂愁的眼睛。他以為像五年前一樣，他們又要逃亡了，他趕快爬起床找襪子。然而，這一次，媽

媽撫撫他的臉，說：

『媽媽生病了，明天要進醫院，你以後要乖乖聽外公的話啊！』

他看到那雙眼睛盈滿了淚水。

媽媽進去醫院之後，再沒有回來。他天天跟著外公去醫院探媽媽，每次從合唱團回來，他都在病榻旁邊爲媽媽唱一支歌。

媽媽的身體一天比一天虛弱，直到一天，她再也聽不到兒子的歌聲了。

外公把媽媽葬在村裡。媽媽種的一株檸檬樹開花結果的那天，她已經沒法親眼看到。

2

那個星期天，外公帶他坐火車出市區，送他到合唱團去。

那天下著雨，外公撐著一把黑色的雨傘，跟他說：

『我待會來接你。』

他點了點頭，進去了。

上課的時候，明叔叔突然出現在教室外面。

『還認得我嗎？』明叔叔掃掃他的頭，然後說：『你爸爸在車上。』

他收拾了歌譜。一輛黑色的轎車停在雨中，車門打開了，他看到了五年沒見的爸爸。

他怯怯地望著爸爸，爸爸看上去有點兒陌生。

『上車吧！』爸爸說。

他上了車，默默地坐在爸爸旁邊。

『你長大了很多。』爸爸說。

榮寶低著頭沒說話，他已經不知道怎樣跟爸爸說話了。車子開走的時候，他只是擔心外公回來時找不到他。

爸爸把他帶回家，那是一幢新的公寓，爸爸跟新太太住在裡面。榮寶從此有了一個繼母和同父異母的妹妹榮雪。榮雪比他小七歲。

『你以後就住在這裡吧。』爸爸說。

『那外公呢？』

『我會跟他說的。』

那天之後，他沒見過外公。

3

『以後不要再去合唱團了。』當天吃晚飯的時候，爸爸說。

他很想問爲甚麼，但看到爸爸那張冷峻的臉，他不敢問。

『男孩子去學唱歌，太娘娘腔了！』爸爸說。

無數個夜晚，他瘋狂地想念外公。一天，他悄悄溜了出去，一個人坐火車去找外公。外公看到他時，嚇了一跳。

外公煮了一頓午飯給他吃。吃飯的時候，外公滿懷心事地望著他，問：

『爸爸對你好嗎？』

『沒媽媽那麼好。』榮寶說。

外公難過地說：

『你爸爸是很疼你的，你以後要聽話。吃完飯，我送你回去。』

『我不回去。』他說。

『市區的學校比較好。』外公說。

『我可以每天坐車出去上學。』

外公捏了捏他的肩膀，說：

『聽著！你要做一個好人。你媽媽就是想你做一個好人，才會逃出來的。可是，外公太老了，沒法再照顧你。』

黃昏的時候，外公摘了一些瓜菜，放進一個竹簍裡，帶著他回去。他沒說話，他知道外公是不會收留他的了。

外公把他送回家的時候，他看到爸爸就坐在客廳的沙發裡。榮寶縮在外公後面。外公放下那些瓜菜，堆出一張笑臉，說：

『全都是我自己種的，你喜歡的話，我再送一些過來。』

榮寶發覺，連外公也有點怕爸爸。

『還不上去洗個澡！』爸爸說。

榮寶跑上二樓。他從樓梯往下望，看到爸爸塞了一疊鈔票給外公。他忽然明白，想要投靠外公，是個奢望。

那以後的幾年，他沒有再見過外公。偶然在廚房裡看到一些盛在竹簍裡的瓜菜水果，他知道是外公帶來的。但他有點生外公的氣，認爲是外公出賣了他。直到外公病故了，他才又後悔。外公根本鬥不過爸爸，一個鄉村老師怎麼鬥得過一個黑幫頭子？

他懷念外公親手種的瓜菜，還有媽媽種的檸檬和玫瑰。繼母對他雖然好，但那是另一種生活。他疼榮雪，可她比他小太多了，不是個談心事的對象。

他的青春是寂寞的。

在學校手冊裡父親職業的那一欄，他填的是商人。他很少跟同學提起家事，也不會帶同學回家。他讀書的成績不好。他所有的生活，都好像是一種敷衍，敷衍別人，也敷衍自己。

在青春爛漫的年紀，他經常躲在房間裡聽西洋流行音樂。那是他唯一的救贖。

爸爸從來不掩飾他的生意，他幾個重要的手下都在他們家裡進進出出，也不介意榮寶聽到他們說些甚麼。

在他臉上長滿青春痘的時節、在他漸漸意識到自己是個男人，身體有一種原始的欲望時，他更迷惘了。他常常蹺課，通宵達旦在外面流連。

有一次，他和幾個同學在溜冰場裡跟另一幫人爭執。離開溜冰場的時候，對方在外面埋伏。榮寶拾起一根木棍，狠狠地把其中一個男孩打得頭破血流。他的同學都嚇呆了，他自己也嚇呆了。

後來，爸爸花了很多錢，再加上一點辦法，才說服對方的父母不去報警。

然而，自從這一次之後，榮寶開始有一點欣賞自己。他發覺他身體裡流著的終究是爸爸的血，一種野蠻而狂烈的血。他爲這種血而沾沾自喜。他忘記了外公和媽媽對他的叮嚀，他想要成爲像爸爸那樣的男人。那以後，他常常生事。

一次，他在學校外面逮著一個男生，這個男生和他喜歡的一個女同學約會，給他碰見了。他和幾個同學把那個瘦弱的男生押到附近的公園去。榮寶抓住他的肩膀，用膝頭撞了他的肚子好多下，那個男生痛得倒在地上，抱住榮寶的腿求饒。他的同學將那個男生的錢包搶過來，想要拿他的錢。榮寶看到錢包裡的一張照片，他愣住了。照片上跟這個男生合照的，正是從前在鄉村小學裡教他音樂的那位林老師。

『她是你甚麼人？』榮寶質問被他打得面色蒼白的男生。

『她是我姊姊。』男生說。

一種羞慚撲面而來，他從同學手裡把男生的錢搶回來，放回去他的書包裡。他把書包還給他，問：

『你怎麼樣？有沒有事？』

男生懦弱地哭了。

榮寶扶著男生，招了一輛計程車，送他回家。

『你不會報警吧？』他問男生。

男生惶恐地搖頭。

『如果你報警，我不會放過你的。』

男生連忙點頭。

車子到了，榮寶對男生說：『這是兩個男人之間的事，你不會說出去吧？』

男生怯怯地說：『我不會，我知道你爸爸是甚麼人。』

車子停在一幢公寓外面，榮寶看著那個男生一拐一拐地走進去。車子開走了，他的眼角閃出一滴淚。他從未如此討厭自己，他算甚麼黑幫？他不過是個欺凌弱者的流氓。他根本不是個人，他對不起曾經那樣疼他的一位老師。

他終於知道，爸爸那口飯，不是他吃的。

那天以後，他沒有再打架，反而埋頭讀書。在他臉上的青春痘消失的同時，他找到了另一種生活。

黑幫變得富有了，就等於從良。爸爸的許多生意，都是見得光的。榮寶負責的，是光明正大的生意。他想過離開這種生活，但這是他的出身，躲也躲不了，何況爸爸已經老了？

失意於親情的時候，他尋找愛情。他愛過一個比他大八年的女人，大家都沒法留住對方。

一天，他在唱片店碰到柯純，一種傾慕的愛從幽潛之處升起，他彷彿聽到一個甜美的呼喚。於是，他走上去跟她說話。他看到她反抄著手，偷偷把秦子魯的新唱片藏在身後。

合唱團的日子已經不可挽回地給忘記了，他喜歡的是這個喝血腥瑪麗喝得很兇的女孩子。那天離別後，他瘋狂地想念她。一個滂沱大雨的早上，他給她送去了一件粉紅色的雨衣和一雙白色的雨鞋。當天晚上，他又去接她下班。

兩個人準備去吃飯的時候，他接到榮雪的電話。她在電話那一頭嚎哭，說她男朋友動手打她。榮寶把車停在附近的遊樂場，走上榮雪男朋友的公寓。哪裡是人家打她？是她在打人。她最像爸爸，身體裡流著的是兇悍的血。那個男人給她打得鼻青臉腫，只是還了幾下手。榮寶想要制止她的時候，反而給她的指甲抓傷了臉。

他撐著傘，朝遊樂場走去。他看到自己那輛越野車的尾燈在茫茫大雨中亮著，他知道有一個女人在車上等他回去，就在那一瞬間，他夢想另一種生活，一種平靜而幸福的愛情生活、一種承諾。

可惜，他和柯純相遇得並不是時候，柯純心裡惦記著的是當上了歌星的秦子魯。

榮寶想起外公以前說的一句話：

『我們榮寶將來會當歌星的啊！』

4

半年後，他和柯純在日本領事館相遇，大家手上拿著的都是那本《愛戀東京手冊》。他們匆匆離別，他不知道柯純在東京的地址。他帶著書，幾乎遊遍了書上介紹的每個地方，希望能夠碰到柯純。他甚至照著書上所說的，每到一個車站，都買一個便當。買便當的時候，他想像柯純也許在同一個車站的同一家店買過同樣的便當。

終於，他在築地魚市場外面的麵店碰到柯純。他只是沒想到，在她身邊的還有另一個人。

柯純穿著他送的那雙白色雨鞋，在微雨中靦腆地望著他。他的心碎了。

秦子魯連忙騰出一個空位給他，三個人低頭吃著麵。他已經不知道那碗麵是甚麼滋味了。他心裡只有一種苦澀的味道。

那個晚上，他們在西新宿一家居酒屋吃飯，蘇綺詩就在那裡兼職，她也是兒童合唱團的團員，許多年前的事了。

他喝了很多酒。秦子魯上洗手間的時候，柯純朝他笑笑說：

『你喝太多了！』

『很難得我們四個人在東京相逢！』他啜飲了一口清酒。

柯純憐惜地看著他，他連忙低下頭吃面前的牛肉鍋。他害怕這種眼神，憐惜其實就是說『我不能愛你』。

第二天，他離開了東京。回來的時候，他在信箱裡收到一張明信片，是徐可穗在日本寄回來給他的。當時，她人還在日本，明信片是兩個人一起去買的。他記得那天曾經跟她說過已經很久沒有收過明信片了。

他忽然明白了這種心思。當他把徐可穗在日本訂製的毛毛熊拿去給她時，她問：

『你有沒有看過信箱？』

那一刻，他撒了個謊，說是還沒有看。

他爲甚麼要撒謊呢？他不知道怎樣去處理這種感情。在他滿懷失落從異國回來的時候，他無法馬上去回答眼前的另一個呼喚。他害怕受傷，他身體裡流著的血，也有脆弱的部分。

那夜離開居酒屋，醉昏昏的三個人搖搖晃晃地回到秦子魯的飯店房間。從房間的玻璃窗望出去，可以看到東京的璀璨夜色。他倦倦地躺在床上，秦子魯也躺了下來，柯純躺在他們兩個人中間。他們拉雜地談到許多往事。談到成長，他沉默了，他的成長不值一提，甚至是他想永遠忘記的一頁。

半夜裡，他醒來的時候，看到柯純和秦子魯在他身邊熟睡了，柯純面朝秦子魯躺著。他看著柯純，突然有點鼻酸，她在夢裡還是靠近另一個人的。

2

1

天使重來

擁有的時候不曾好好珍惜，

失去的時候卻又深深懷念，

這正是我們每一個人都會犯的錯吧……

1

兒科病房今天忙得不可開交，林希儀終於看完了最後一個病人，是個摔斷了腿的小女孩。寫好報告之後，她回到休息室，匆匆脫下身上的白袍，走出醫院，跳上一輛計程車。

中環添馬艦的空地這一夜布置成大大小小的幾個帳篷，璀璨的燈光與夜色輝映。帳篷裡坐滿了觀眾，太陽馬戲劇團的表演已經開始了，林希儀悄悄鑽進場裡。

她知道杜飛揚會隨團來香港。徐可穗兩星期前就跟她通過電話，趁著杜飛揚回來，他們打算一起吃頓飯，大家見面敘舊。除了柯純和秦子魯不在香港之外，其他人都答應了，地點就在葉念菁去年開生日派對的那家義大利餐廳。大家更約好一起去看最後一場演出，但她那天要當值，所以她獨個兒來看首演。

她在場刊裡找到杜飛揚的照片，他是團裡唯一的中國人。照片中的人，臉上帶著容光煥發的微笑，皮膚曬得黝黑，跟從前那個孤僻蒼白的小男生已經不一樣了。記憶已然模糊，早就被時間一小口一小口地侵蝕了。杜飛揚留給她的，只是一個印象，要仔細去描述當時的他，已經不可能了。他也不記得當年那個小女孩了吧？她用手理理淩亂的長髮，在黑暗中擦了點口紅。她沒想到再見的這一天，她連把自己打扮得漂亮一點都來不及。

就在她擦口紅的時候，杜飛揚驀地從天而降。他身上穿著銀色的舞衣，臉上擦了厚厚的粉，露出一頭黑髮，在舞台上凌空飛躍。林希儀仰頭看著他懾人心魄的演出。一瞬間，她不禁懷疑眼前的一切是否眞實？在一個大帳篷裡，身邊響著奇幻的音樂，台上是一個個把臉塗得古靈精怪的小丑，她的初戀情人成了馬戲團裡的空中飛人。是夢嗎？還是她在夢裡做夢？

在觀眾的掌聲和歡呼聲中，杜飛揚俯衝著滑過半空，一雙黑色的眼睛朝她抬起來，在一個微小的時間裡，一張汗津津的臉朝她微笑，那一刻，她明白自己不是做夢。那是重逢的微笑。

2

她在後台的帳篷外面等著，杜飛揚走出來的時候，已經卸了妝，換上了便服。

『你一點也沒變啊！』他說。

『是嗎？我還以為我變漂亮了，原來還是醜小鴨。』

『你從來也不是醜小鴨。』他說。
她朝他看，他長得很強壯，比她高出大半個頭來。
『這些年來，你到底吃些甚麼的，長得這麼高。』她笑著問他。
他咯咯地笑了：『還以為你們約好來看最後一場。』
『那天我要值班。』
『你在哪裡上班？』
『我在醫院裡當實習醫生。』
『很本事啊！』
『那你為甚麼念醫科？』
她窘困地笑了笑：『我眞怕自己成為庸醫！其實我從沒想過當醫生。』
『也許是出於虛榮吧！』她說。
『你為甚麼會加入馬戲團？』她問。
『這是我的夢想。其實我也想成為體操運動員的，但是壓力太大了。我喜歡把歡笑帶給別人，而且我喜歡這種流浪的生活。』
『你媽媽不反對嗎？她是很希望你成為鋼琴家的。』

『她起初氣得半死，後來也拿我沒辦法。你還有溜冰嗎？』
她搖搖頭，說：『一年前放棄了，我根本抽不出時間練習。』
『那很可惜！』
『沒辦法！有時就是要捨棄一些東西。』她抬頭朝他微笑，微笑裡有無奈。
一輛旅遊車在帳篷外面停下來，團員陸陸續續上車，準備回飯店休息。
『我要走了，星期一晚見。』他說。
『你知道地點嗎？』
『是不是奧卑利街？』
『你知道怎麼去嗎？』
他回頭微笑說：『我是在香港長大的。』
她目送他上車。車子緩緩開走，他貼著車窗向她揮手，她也向他揮手。就在那一刻，她在他臉上看到從前那個杜飛揚。我們都以爲自己改變良多，而其實，許多東西還是沒有改變。
車子遠遠離開了帳篷，童年回憶卻像魔幻般重現，提醒她，她曾經多麼熱中溜冰，一如杜飛揚熱中流浪。

可是，她太累了，她的眼皮已經重重地垂下來。

第二天早上在自己的床上醒來的時候，她看見媽媽把洗好的衣服放進衣櫃裡。

『你衣袖上有血跡呢！』媽媽說。

『是病人的血。』

『你昨天一定很累吧！你在沙發上睡著了，是我和爸爸把你抬到床上的。』

『是嗎？』

『我的手還有點痠呢！』媽媽說。

『爸爸呢？』

『回店裡去了。』

『我昨天見到杜飛揚。』她說。

『那個彈鋼琴很棒的男孩子？』

『嗯。他在馬戲團表演，就是那個太陽馬戲劇團。』

媽媽瞪大了眼睛：『表演甚麼？』

『空中飛人！很傳奇吧？』

媽媽搖了搖頭，不知道說些甚麼好，這是她不能理解的一種傳奇。自從妹妹過世之後，這個家總是缺少了一點甚麼似的。妹妹的東西，還完完整整地給保存著，用來養綠鸚鵡的鳥籠也還留著，有些東西，卻一去不回了。

3

回到醫院病房裡，她去看昨天摔斷了腿的那個小女孩。小女孩的左腿上了石膏，納悶地躺在床上。

『要我在石膏上面簽個名嗎？』林希儀逗她。

『隨便吧！』她嘟起嘴巴。

『你是溜冰時摔斷了腿的吧？』

『嗯。』

『是初學嗎？』

『才不呢！我已經學了三年，下個月還要參加比賽呢！現在不能參加了！』小女孩眼睛都紅了，很想哭的樣子。

『我以前也溜冰，也曾經摔斷腿，沒關係的。』

『你也有溜冰嗎？』

『看不出來嗎？我是學界冠軍，代表過香港參賽的。』

『眞的？那你爲甚麼不再溜冰？』

『我太忙了。』

『我希望能夠成爲職業花式溜冰運動員。』女孩嚮往地說。

她把病歷板掛在床邊，對女孩說：

『你很快便可以再溜冰。我明天再來看你，到時候要開心點。』

『醫生姐姐——』

『甚麼事？』她回過頭去。

『可以幫我簽名嗎？』女孩問。

『當然可以！』林希儀在石膏上簽了名，旁邊畫上一雙溜冰鞋。這個簽名，她曾經練習過好一段時間，想像將來成名了，要爲很多人簽名。

離開病房的時候，她突然感到一股莫名的沮喪。妹妹在世的時候，她常常跟她比較。妹妹不在了，她卻仍然跟她比較。她以優異的成績考上醫學院，爲的是向父母證明自己。這眞的是她的夢想嗎？假如妹妹還活著，她的努力是否也將會徒勞？跟一個已經遠遠離開了人間煙火的人比較，正是她常常感到挫敗的原因。看到杜飛揚自由地選擇了自己的生活，她眞有那麼一點點的妒忌。難道她的命運除了比較和嫉妒之外，便沒有別的？

這天晚上，在奧卑利街的義大利餐廳裡，兒童合唱團以前的同學都來了。何祖康剛剛出了一本漫畫，賣得很好，給他們每個人送了一本。孟頌恩做電影配樂的工作，生活看來並不穩定。葉念菁比他們小幾歲，還在念音樂，夢想當指揮家。葉念菁的初戀男朋友朱哲民也來了，兩個人見面時有點兒尷尬。朱哲民剛剛大學畢業，還在找工作。杜飛揚選擇了跟著馬戲團到處爲家。同學之中，只有她一個人看起來最踏實，以後幾十年的人生好像都已經安排好了，不會出甚麼岔子，但也不會有甚麼驚喜。

大家都在等徐可穗和棠寶。等待的時光裡，他們圍坐在一張長餐桌前面。

『除了葉念菁，大家都沒怎麼變。』杜飛揚說。

各人當然不同意了，每個人都覺得自己跟去年已經不一樣。

『是的，好像是我變得最多。』葉念菁吃了一口西芹說。她說這話時眼睛飄向朱哲民那裡。

『你打算找甚麼工作？』何祖康問朱哲民。

『也許，』他窘困地說：『會在親戚的貿易公司幫忙。』

『有人知道蘇綺詩在哪裡嗎？』孟頌恩問。

『聽柯純說，她在東京念書，畢業後打算當麵包師。』葉念菁說。

『原來她在日本。』何祖康說。

『那柯純呢？』孟頌恩問。

『她被公司派去羅馬。』葉念菁說。

『秦子魯呢？』林希儀問。

『這就不知道了。』

『我們馬戲團明年冬天會去北海道札幌演出。』杜飛揚說。

『假如我們明年在北海道聚頭，不是很好嗎？』孟頌恩說。

『好啊！可以賞雪。』葉念菁說。

『對呀！說不定可以再去東京玩幾天。』何祖康說。

『你會來嗎？』杜飛揚問林希儀。

『不知道到時候能不能請假。』她回答說。

『我們應該每年相聚一次。』孟頌恩說。

『直到我們一把年紀？』林希儀笑笑說。

『這也不錯吧？永遠有一個明年今日的約會。』杜飛揚說。

『可是，最沒可能每年出席的是你！你的馬戲團經常到處去。』

就在這個時候，徐可穗來了。

『你是發起人，竟然遲到！』孟頌恩說。

『對不起。』徐可穗沒精打采地說。她看起來心事重重。

『榮寶呢？不是說榮寶也會來嗎？』孟頌恩問。

『他不來了，他不在香港。』

徐可穗拿了一杯白酒，啜飲了一口，臉上有了點笑容，說：

『我們來吃飯吧，我都快餓死了。』

徐可穗從小到大都是那麼情緒化，林希儀也就不覺得有甚麼奇怪了。餐廳裡飄蕩著那支〈What a Difference a Day Makes〉。她坐在杜飛揚身邊，聽他說著馬戲團裡的趣事。他眞的不一樣了，不再是那個溜冰時偷偷在後面吻她的、羞怯的小男生。歲月如飛，這幾個長大了的孩子都有了自己的一首歌、一支舞，邁向最爛漫的青春。她忽然思念起她那可憐的妹妹，她只有童年而看不見自己的青春，她那支舞，還沒能夠跳到最後一刻。

『你沒事吧？』杜飛揚體貼地問她。

擁有的時候不曾好好珍惜，失去的時候卻又深深懷戀，這正是我們每一個人都會犯的錯吧？

『我們來唱〈本事〉好嗎？忽然很想唱這首歌。』徐可穗說。然後，她首先帶頭唱：

記得當時年紀小　我愛談天

你愛笑

有一回並肩坐在桃樹下

風在林梢鳥在叫

我們不知怎樣睏覺了

夢裡花兒落多少

多少年了，熟悉的歌聲在小小的餐館裡縈繞，喚回了幾許童稚的記憶。

每個人都帶著純真的回憶依依道別，相約明年再見。若有可能的話，將在札幌。

4

林希儀陪著杜飛揚走路回去酒店，他們肩並肩穿過深深的夜色。

『你妹妹呢？她好嗎？』

『她不在了。』

他驚詫地望著她。

『是腦癌，十二歲那年離開的。』

『對不起。』

『你還記得嗎？她是小叮噹，我是大雄，你是技安。』

『當時我是不情不願地當上反派的。』

她笑了：『技安其實也不是壞人。他們都是小孩子，而且從來不用長大，不用上班，真令人羨慕。』

『你甚麼時候走？』她問。

『演完最後一場之後便會離開。』他說。

『下一站呢？』

『我們要去拉斯維加斯。一個富商在那裡舉行婚禮，邀請我們表演。』

『那很昂貴啊！』

『聽說要花幾百萬美金。』

『那一定很難忘了。』

他們走進飯店大廳的時候，幾個馬戲團的團員剛好也從外面回來。一個棕髮的女孩走到杜飛揚身邊，朝林希儀微笑。

『讓我來介紹，我女朋友蘇珊，她是法國人。這是林希儀。』杜飛揚說。

蘇珊就是那個跟杜飛揚一起表演空中飛躍的雜耍員。

林希儀愣住了片刻。她怎麼沒想到他應該有女朋友呢？是個志同道合的人，那就更難得了。

『希望明年可以再見。』杜飛揚說。

『嗯！』她點了點頭。

5

回家的路上，一種想溜冰的欲望從她身體往上升，一直升到她的肩膀去。她折回頭，跑到溜冰場。

她從儲物櫃裡拿出一雙溜冰鞋。這個儲物櫃，教練一直爲她留著，甚麼時候她想再溜冰，隨時可以回來。教練說，她很有條件成爲職業花式溜冰運動員，但她放棄了，她說她的夢想是當醫生。她到底要騙誰？

她換上了溜冰鞋和舞衣，軀身在冰上亂轉。妹妹曾經告訴她，地球會微微升起，迎接我們邁出的每一個腳步。她想起那時喜歡上杜飛揚，今天當上了實習醫生，所有她做的一切，無非都是出於虛榮。她唯一能爲自己申辯的，是這樣的虛榮也無非是一種純眞的虛榮，企求獲得讚美和肯定。她可憐的希望已經實現了，一種固定的生活在等她。要是杜飛揚沒有回來，她也許對將來的一切甘之如飴。可是，他帶回了童年的詩韻，重新喚回了她夢想的舞蹈。

她放慢了身子旋轉，觀眾席上有一盞燈，閃著亮光，她看到了她早逝的妹妹坐在那兒。她那雙慧黠而世故的眼睛向她輝映著，告訴她：人啊！要認識你自己。

她感到眼淚湧上了眼睛，她終於明白，上天不曾忽略她，妹妹是爲她而生的。

明年今日，她要踩在冰上，舞出她心裡的天堂，在那裡，愛的存在是墳墓隔不開的。

最後的電郵

愛欲裡面，包含了狂喜和毀滅，

全都在這一夜之間發生。

她站起來，把身上的栗子抖落在地上，

鴿子會來啄食，吃的是她的青春年少夢。

1

對街一幢公寓的燈在夜色裡亮著，一個女孩在窗邊吹著笛子，柯純久久地望著那個孤單的剪影，她聽不見遙遠的笛子聲，只能從女孩的動作猜想她在吹的是一闋思念之歌，一個失落的愛情故事。

她把要帶去羅馬的衣服一件一件疊好，放在行李箱裡。上司讓她選擇在那邊停留三個月或一年，她毫不猶豫地選擇了一年，不是爲了更優厚的薪水津貼和前途，只是突然就想離開。要帶走的東西太多了，房間裡的東西都給翻了出來，她在一堆亂糟糟的東西裡找到一本舊相簿，是以前跟著兒童合唱團到外地表演時拍下的相片。十四歲的時候，她已經去過了英國、荷蘭、澳洲、美國、捷克、西班牙、德國和俄羅斯。她翻到其中一頁，那是他們全體在維也納歌劇院前面留影的，秦子魯就站在她身後，雙手搭著她的肩膀，兩個人笑得眼睛瞇成了一條線。她早就習慣了飄搖不定的生活，離別也不過是生活的一部分；只是，長大後的離別多了一分不捨。像上次去日本，這一次去羅馬，跟從前的心情是不一樣的。跟秦子魯重逢之後，許多情懷都不一樣了。

她曾經以爲，有一天，她會跟秦子魯一起重遊羅馬。他們不是在特雷維許願池各自拋過一個銅板嗎？那一幕盈盈在眼前，卻只有她的銅板應驗了那個古老的傳說。

對街公寓的燈熄了，女孩的身影隱沒在黑暗裡，柯純想要去睡了。床邊的電話響起，她拿起話筒，電話那一頭傳來秦子魯的聲音。

怎麼會是他呢？難道他知道她要離開？

『你睡了沒有？』

『我睡了。』她說。

『我剛剛錄完唱片的最後一支歌。』

『順利嗎？』

『嗯。』

『我——』他的聲音有點窘困。

她不說話，等待著他說下去。上一次，她的電話響起，對方在她沒接電話之前就掛斷了，那是個匿名的電話號碼，她知道是他。那時他們正在冷戰，她等待著他再一次打來，可是他沒有。

『我們見個面好嗎？』他問，然後他說：『我已經在你家樓下了。』

她連忙走到窗邊，看到他從車上走下來，朝她的窗子抬起頭，跟她揮手。

『你來幹嘛？』她對著話筒說。

『你可以不下來的。』他說。

『那我繼續睡覺好了。』她把電話掛斷，關掉房間裡的燈，躲在窗邊偷偷看他。

他悵然地收起電話，靠在車子旁邊。她轉過身去，靠著牆，一種想跟他說再見的渴望從她心底升起。

她撥通了他的手機。

『你為甚麼還不走？』

『我在等你。』

『誰說我會見你？』

『你總會出來的吧？』

『也許是明天早上，我不知道是甚麼時候。』她故意氣他。

『沒關係，我有時間。』

『你終於有時間了嗎？』她訕笑了一下。

『如果你還不下來，我會開始唱歌。』

『請你別擾人清夢。』

『那我唱搖籃曲。』

『你並沒你自己以爲的有那麼多歌迷。』

『你不喜歡聽我唱歌嗎？』

『當然不喜歡。』

『那麼，你一定會阻止我唱歌，對嗎？我現在開始唱了。』

秦子魯果然在街上唱起歌來。他的歌聲在夜裡特別嘹喨，在她的窗外縈迴，她連忙穿上外套走到樓下去。

2

『你終於肯下來了。』他朝她燦然微笑。

『你不是說要唱搖籃曲的嗎？』

『你想聽嗎？我現在就唱。』

『要唱就唱離別之歌吧，我明天要走了。』

『你要去哪裡？』

『羅馬。』

『是出差吧？』

『不，是過去那邊的分公司工作，要去一年。』

『去這麼久？』他一臉失落的神情。

『我單身一個人，無所謂，何況，義大利是個很美麗的城市。我在特雷維許願池擲過一個銅板，想看看還在不在。』

『你怎麼認得出來？』

『你怎知道我認不出來？』

『為甚麼不告訴我你要走？』

『我們又不是甚麼關係。』她幽幽地說。

沉默了良久之後，他問：

『明天甚麼時候走？』

『晚上。』

『要我送你去機場嗎？』

『不用了。』

『你還在生我的氣嗎?』

她久久地望著他,不能掩飾心中的難過和眼中的潮濕。

『不要因爲我離開而覺得需要我。』她說。

『不是這樣的。』他解釋。

『我們根本連開始的時間都沒有,我不想做你的臨時女朋友,永遠不知道你甚麼時候可以見我,可以陪我。而且,你將來的時間只會更少。』

『三個月後,我要到佛羅倫斯拍一條廣告片,片子拍完之後,我來羅馬找你好嗎?我們在特雷維許願池見面,我也想看看我的銅板還在不在。』他說。

『我不想到時候又失望。』她說。

『我們再嘗試一次好嗎?如果這一次仍然失敗,起碼我們也嘗試過。』他朝她深情地看。

她無法拒絕這樣一個要求。

『我寫電郵給你。』他說。

『一封就好了,告訴我你甚麼時候到羅馬,我們甚麼時候見面。這段時間裡,我也只會寫一封電郵給你，其他時間，我們不要用任何方法聯絡。我不想到頭來見不到你，會有更大的失望。讓我們再見那天成爲起點，或者終點吧。』她說。

他點了點頭，朝她抬起眼睛，嘴上帶著幸福的微笑，表示他懂得了。

她轉過身去，心裡充滿了曖昧的甜蜜和不確定的希望。

3

重逢的地點由她來決定，她卻仍舊是等待的那個人。每一段愛情都有強者和弱者，從一開始就注定了。她知道她是這段情的弱者。弱者不是處於下風，她只是更期待的那個人。幸好，她說好了見面之前不要用任何文字和話語聯絡，她寧願懷抱著一個重聚的希望。

在羅馬的日子，除了上班之外，她一個人帶著旅遊書幾乎遊遍羅馬，就只是不去特雷維許願池，那是兩個人去的地方。她不知道，彼此離別後，他是否也在天涯遠處等待這一天，是否同樣懷抱著深深的期待。每一天，她總會打開電子信箱，看看有沒有他的電郵。

終於，她收到他的電郵。

純純：

我的廣告片在一月七日完成，當天我會從佛羅倫斯到羅馬，我們六點鐘在許願池見面好嗎？你會來的吧？想念你。

子魯

她在浴室的鏡子前端詳自己，拜義大利麵和披薩所賜，她好像長胖了一點。每次吃飯，她總是告訴自己明天要少吃一點，明天卻有無限長，就這樣一天天押後，她眞懊惱自己。

這一天下班之後，她穿上上星期狠下心腸買的一件名牌大衣，獨個兒擠上一輛往特雷維許願池的公車。現在是義大利的隆冬了，她戴著羊毛帽子和手套，下車的時候，一陣冷風吹來，她把脖子縮在衣領裡，輕快地走著。

特雷維許願池旁邊擠滿了遊人。她找到了從前那個賣炒栗子的攤子，賣栗子的依然是個老人，可是，她已經不認得是不是當天那一位。她嗅著香香的栗子，想著待會要跟秦子魯一起吃個痛快。

她靠在許願池旁，叮叮咚咚的聲音在她身邊此起彼落，遊人們紛紛把手上的銅板拋到池水裡，當中又有多少人會重來？她蹲在池邊看，池底鋪滿了厚厚一層又一層的銅板，她不知道她那個銅板是不是也在裡面。秦子魯說得對，她怎麼能夠認得出她那個銅板呢？

入夜之後，遊人愈來愈多。她餓壞了，在附近買了一片番茄披薩，坐在許願池的石級上，哼著他的歌。他應該在途中了吧？在隔別的日子，她多麼想念他，多麼想破壞自己定下來的、那條可笑的規矩。

4

拍完最後一個鏡頭，司機送他去機場，從佛羅倫斯往羅馬的飛機已經起飛了，秦子魯只能等下一班機。離別的這段日子裡，他常常想起柯純，不知道她那封電郵會在甚麼時候寫。他希望她首先破壞兩個人的約定，那麼，他便可以知道她的近況了。

在離別的日子，他對她的思念從未間斷。她治療了他心底的荒涼。因爲她，他不再害怕像他爸爸那樣，半輩子後才發現自己愛錯了人。他想和她好好開始。

5

飛機徐徐降落，他匆匆從機場走出來，司機已經在外面等他了，是個年輕的義大利人。

羅馬的天氣很冷，他鑽上車，在蒙霜的窗子上呵氣，透過霜花消融的孔隙朝外窺看。車子在公路上飛馳。他已經遲了很多，柯純會以爲他失約的。他不斷催促司機開快一點。

6

夜漸深了，賣炒栗子的老人開始收拾攤子，她連忙走上去。

『栗子賣光了嗎？』她問。

『不，這麼冷了，我要早點回家睡覺。』老人說。

『那請你給我一包栗子。』

她本來想等秦子魯來到才買的，現在惟有先買。她付了錢，把栗子藏在大衣底下，用體溫溫暖著。

夜深了，遊人零星落索，她蜷縮在自己的大衣裡。重逢的方式由她來決定，可她仍然是期待落空的那個人。她不禁笑話自己，笑話眼下這個處境。她有多麼傻呢？竟然想要延續那早已翻過去的一頁，竟然以爲那段初戀還能夠有一個更好的完結篇。秦子魯並不是她期待的人，他不會來的了。她冷得直哆嗦，眼皮疲倦地垂下，懷裡的栗子已經涼了。

『叮咚！』

她聽到一個銅板掉落的聲音，趕緊回過頭去，看到一個小女孩將一個銅板拋到許願池裡。女孩的年紀看上去就像當年的她，所有的失落都忽然湧上眼睛。愛欲裡面，包含了狂喜和毀滅，全都在這一夜之間發生。她站起來，把身上的栗子抖落在地上，鴿子會來啄食，吃的是她的青春年少夢。

7

她失神地離開了許願池。吹了一夜的風，她幾乎凍僵了。這天晚上的約會，她永不會說與人聽，這是個恥辱。她招了一輛計程車回公寓去。她坐在車上，車子在路上飛馳，她眼裡浮著淚光，終於沒有流出來，停了又停，反而漸漸消退了。她把手插在口袋裡，口袋裡有兩個銅板。這兩個銅板，一個是她自己的，另一個是給秦子魯的，她想再一次跟他一起拋銅板，然後在某年某天重來。這樣的心事已經跟這個夜晚一起墜落和破碎了。

車子經過競技場，朝她的公寓駛去。她想起離家前的那個晚上，對面公寓的女孩在吹長笛。她看到的只是個剪影，那會否根本就是她自己的倒影？她用愛情之笛爲他奏一支小夜曲，可是，他缺席了。他也將從此在她的人生缺席。

回去之後，她寫給他最後也是唯一的一封電郵：

我不是早跟你說過嗎？許願池是起點，也可能是終點。現在看來，是終點了。不要再找我。

她調了一杯血腥瑪麗，灑下一汪洋的辣汁，一口喝下去，辣得眼淚都湧出來了。

8

車子在公路上狂飆，沿路是看不盡的古蹟，是他年少時在書上讀過的，那些久遠的歷史。跟兒童合唱團來的那一年，他還沒有這種感覺，那時，他對愛情似懂非懂。

他看了看手錶，快要到了，他希望她還在等他。競技場就在百米之遙，司機突然加速，就在拐彎處撞上另一輛迎面而來的車。他的身體顫抖哆嗦，整個人翻了出去，一個巨大的聲音在他身邊響起，他看到自己的身體墜落和破碎。就在那一瞬間，他退回到他的童年去，退回到那些不想長大的日子，他看到了柯純的微笑和安妮的叛逆。他再也聽不見那些他唱過的歌了，他所走過的路在他無可尋覓時還將存在下去，他依稀看見他作爲一個孩子千眞萬確的一刻。那些日子，他有些早熟的憂鬱，相信自己會在二十五歲之前死掉，沒想到這竟然是他的宿命。

國家圖書館出版品預行編目資料

我們都是醜小鴨／張小嫻著. -- 初版. --
臺北市：皇冠, 2004【民93】
面； 公分. --（皇冠叢書；第3378種）
（張小嫻作品；31）

ISBN 957-33-2062-2（平裝）

857.63 93008393

皇冠叢書第3378種

張小嫻作品 31

我們都是醜小鴨

作　　者—張小嫻
發 行 人—平鑫濤
出版發行—皇冠文化出版有限公司
台北市敦化北路120巷50號
電話◎2716-8888
郵撥帳號◎1526151~6號
出版統籌—盧春旭
編務統籌—金文蕙
責任編輯—丁慧瑋
美術設計—王瓊瑤
行銷企劃—陳宜蓉
校　　對—鮑秀珍・丁慧瑋
印　　務—林莉莉・林佳燕
著作完成日期—2003年
初版一刷日期—2004年6月

法律顧問—王惠光律師

如有破損或裝訂錯誤，請寄回本社更換
讀者服務傳真專線◎02-27150507
皇冠文化集團網址◎www.crown.com.tw
張小嫻皇冠官方網站◎www.crown.com.tw/book/amy
電腦編號◎379031
ISBN◎957-33-2062-2
Printed in Taiwan
本書僅限台澎金馬地區銷售
本書定價◎新台幣200元

讀者回函卡

感謝您購買本書，只要將本卡填妥後寄回(免貼郵票)，就可不定期收到我們的新書資訊，未來並有機會與張小嫻面對面近距離接觸！我們有任何關於張小嫻的新書出版消息，也都會儘速通知您。

1. 請針對下列各項目為《我們都是醜小鴨》打分數：

	5	4	3	2	1
A. 內容題材	□	□	□	□	□
B. 封面設計	□	□	□	□	□
C. 字體大小	□	□	□	□	□
D. 編排設計	□	□	□	□	□
E. 印刷裝訂	□	□	□	□	□

2. 您購買本書的動機？
   □封面吸引 □書名吸引 □內容題材 □作者知名度
   □廣告促銷 □其他
3. 您從哪裡得知本書的消息？
   □書店 □報紙廣告 □皇冠雜誌廣告 □書評或書介
   □親友介紹 □ 其他
4. 您通常以哪些方式購書？
   □逛書店 □劃撥郵購 □信用卡訂購 □團體訂購
   □網路購書 □其他
5. 您看過張小嫻的哪些作品？ ______________________

____

讀者資料

姓名：________ 生日：____年____月____日

性別：□男 □女

職業：□學生 □軍公教 □工 □商 □服務業
　　　□家管 □自由業 □其他________

通訊地址：□□□ ______________________

____

聯絡電話：(公)________ 分機________ (宅)________

e-mail：______________________

◎請沿虛線剪開、對摺、裝訂後寄出。

◎請沿虛線剪開、對摺、裝訂後寄出。

您對本書的其他意見：

北區郵政管理局登
記證北台字1648號
免 貼 郵 票
〔限國內讀者使用〕

105
台北市敦化北路120巷50號
皇冠文化出版有限公司　收